서유미

1975년 서울에서 태어났다.
2007년『판타스틱 개미지옥』으로 문학수첩작가상을,
『쿨하게 한걸음』으로 창비장편소설상을 받으며 등단했다.
소설집『당분간 인간』과 장편소설『당신의 몬스터』가 있다.

KB109086

표지 그림·남경민,「호크니의 (텅빙) 창안에서 바라다 보다」, 리넨에 유채, 91×210cm, 2006.
디자인·최지은

끝의
시작

끝의

시작

오늘의 젊은 작가 06

서유미
장편소설

민음사

차례

1부

엄마는 병실 침대에 모로 누워 있다.

창문을 통해 쏟아진 햇빛이 엄마의 등과 뒤통수에 닿은 뒤 뺨과 손에 얼룩 같은 그림자를 남겼다. 영무는 침대 발치에 서서 코를 문질렀다. 피하려고 애써도 환자들이 내뿜는 숨, 그들의 몸에서 흘러나오는 냄새가 안개처럼 축축하게 들러붙었다.

병실 창밖으로 보이는 4월의 풍경은 찬란하다. 잘 정돈된 인공 정원의 꽃과 나무 들은 몸집을 한껏 부풀린 채 생명력을 과시했다. 그 속에서 환자들은 보호자와 함께 벤치에 앉아 있거나 휠체어에 탄 채 천천히 산책했다. 사람들은 저마다의 감정에 빠져 경이와 절망 사이를 오갔지만 대체로 무표정해 보였다. 그건 체념에 가까운 무표정이었고 병동의 특성과 관계가 깊었다. 흰색 환자복은 목련이나 벚꽃처럼 하나의 풍경을 이루었다.

환자들은 자신의 의지와 상관없이 삶과 죽음의 경계에 서 있었다. 망자보다 삶 쪽에 가까이 있지만 병원 밖의 사람들보다 죽음에 다가서 있고, 이미 죽은 자들보다 죽음을 강하게 느끼면서 건강하게 활보하는 자들보다 삶에 대한 열망이 더 강했다. 그래서 병원은 무덤으로 가는 정류장인 동시에 삶을 향한 갈망이 치열하게 숨 쉬는 곳이다. 병실에서 바라본 4월의 생명력은 더 빛났다.

엄마는 정오의 햇빛을 등진 채 깊은 잠에 빠졌다. 뭔가를 잡으려는 듯 길게 뻗은 손과 탁자 위에 놓인 약병은 30년 전 봄날 오후에 목격했던 한 장면과 유사했다. 생각을 멈추려고 애썼지만 햇빛이 쏟아지던 방바닥에 엎드려 있던 아버지와 그 머리맡의 약병이 눈앞에 고스란히 펼쳐졌다. 두 개의 장면은 시공간을 초월해 조우했다. 이 모습이 저 모습을 불러온다는 게 영무를 불길한 쪽으로 끌고 갔으나 잠든 엄마의 얼굴은 모처럼 평안해 보였다. 엄마에게 자신이 왔다는 걸, 오늘도 살아서 만나게 됐다는 걸 알려 주고 싶었지만 오수(午睡)의 달콤함은 건드리지 않기로 했다. 맞은편 침대에 앉아 있는 간병인은 턱을 괸 채 꾸벅꾸벅 졸았다. 파마기 없는 정수리가 햇빛을 받아 허옇게 빛났다.

4월의 첫 주가 지났다. 의사는 이제 엄마가 물 한 모금도 넘기기 힘든 상태라고 했다. 생각보다 잘 버티고 계시지만 마음의 준비는 해 두라며 어깨를 두드렸다. 영무의 바람 역시 이 모든 상황을 뒤엎고 엄마가 기적처럼 살아나는 게 아니라 허락된 시간 동안 고통에 휘둘리지 않고 지내다 평온하게 가는 것이었다.

병원 건물에서 나오자마자 영무는 담배를 꺼내 물었다. 밖에서 볼 때보다 볕은 더 화사하고 봄꽃들도 만개했다. 엄마가 지난주처럼 울면서 신세 한탄을 한 것도 아니고 엊그제처럼 침울한 얼굴로 입을 다물고 있던 것도 아닌데 돌아가는 마음이 무거웠다. 어깨에 닿은 의사의 손과 잠든 엄마의 모습이 그를 지그시 압박했다.

한 달이 돼 가는데도 병원에 오는 일은 익숙해지지 않았다. 규모가 크고 시설이 훌륭해도 종합병원이라는 곳은 태생적으로 죽음을 품고 있다. 내부에서는 병을 고치고 사람을 살리느라 분주하지만 영무의 눈엔 입구에 서 있는 장례식장 표지판이 더 커 보였다. 편의를 위해 입점시킨 1층의 카페나 베이커리, 식당 들이 활발하게 삶의 냄새를 풍겨도 병원의 무겁고 어두운 공기와 냄새는 사라지지 않고 잠복해 있었다. 병원에 올 때마다 영무는 병원의 공간이 어디까지인가 생각해 봤다. 병동에 들어갈 때는 출입문을 통과하는 순간 병원의 공기에 둘러싸였고 환자, 보호자 들과 함께 엘리베이터를 타고 암 센터로 가는 동안 서서히 병원에 동화되었다. 병실에 들어가 간병인에게 인사하고 사 가지고 간 음료수나 과일을 건넬 때까지는 방문객에 머물지만, 엄마와 단둘이 남게 되면 병원과 그의 경계는 완전히 허물어졌다. 병원은 공간을 확장해서 그의 내부까지 점령했다. 그럴 때 그는 죽음의 그늘에 잠겨 어두워졌으나 세상과 구별되었으므로 혼란스럽지는 않았다.

말기 암 환자가 되었는데도 엄마는 붉은색 립스틱을 포기하지 않았다. 동그란 손거울을 머리맡에 둔 채 자주 얼굴을 확인하고 입술을 칠해서 간호사들 사이에서 멋쟁이 할머니로 통했다. 영무는 한때 그 붉은 입술이 낯설고 혐오스러웠으나 철이 든 뒤에는 엄마가 여전히 입술을 붉게 칠하는 것에 안도했고 어느 순간 그 진한 입술을 엄마의 일부로 받아들이게 되었다. 엄마가 붉은 립스틱을 바르는 건 삶에 대한 결의이자 출사표였다. 병원을 옮긴 뒤에 다시 입술을 칠하는 걸 보고 영무는 가슴을 쓸어내리면서도 희망을 엿본 것 같아 울컥했다. 그는 거울을 감추는 대신 백화점에 가서 제일 비싼 립스틱을 사 왔다. 손바닥만 한 쇼핑백을 받아 들고 엄마는 천진하게 웃었다.

"야, 이거 우리 가게에서 팔던 것보다 훨씬 고급이다. 색도

곱고 냄새도 좋네."

입술은 마르고 검게 죽어서 비싼 립스틱을 발라도 예전 같지 않았지만 엄마는 온 힘을 다해 건강할 때의 자신이고 싶어 했다. 몸 상태가 괜찮을 때는 평소에 하던 잔소리도 늘어놓았다.

너는 얼굴이 그게 뭐냐. 밥도 못 얻어먹고 다니는 애마냥.

네 처는 어쩌고 혼자 왔냐. 둘이 같이 좀 다녀라. 미장원일이 그렇게 바쁘다니? 그 동네 미장원이 그거 하나뿐이래?

내가 손자 재롱 한 번 못 보고 가나 보다. 내 팔자도 참.

그런 말을 한 뒤 엄마는 앙상하게 마른 손을 영무의 손 위에 얹었다. 그럴 때 영무는 침대 시트나 환자복처럼 병원의 일부가 되는 것 같았다.

열흘 전, 병원 로비에서 엄마를 발견하고 영무는 가슴이 철렁 내려앉았다. 학생 때 동네가 아니라 시내에서 엄마를 봤을 때와 기분이 비슷했다. 엄마가 왜 여기에 나와 있지? 라는 궁금증이 생긴 건 조금 뒤였고, 간병인이 바뀌었네, 라는 생각이 먼저 들었다. 그러나 두 사람의 거리가 가까워졌을 때 영무는 휠체어에 앉아 있는 사람이 엄마가 아니라는 걸 깨달았다. 체구나 인상, 표정이 비슷했지만 거기에 앉아 있는 사람은 엄마가 아니었다. 그저 작고 야윈 노인, 병들고 주름진 노인이었다. 신생아들의 얼굴이 다 똑같아 보이는 것처럼 죽음의 문턱에 서 있는 늙은 환자들의 얼굴도 나이나 성별에 관계 없이 비슷해 보였다. 그 모습은 단백질과 지방이 빠져나가 골격이 그대로 드러난 해골의 형상이었다. 몇 년 전만 해도 엄마의 얼굴에서 자신의 모습을 발견하는 게 힘들었다면 이제는 엄마의 얼굴이 해골로 변해 가는 걸 지켜봐야 하는 게 곤혹스러웠다. 그러나 그걸 막을 방법은 없었다. 정상적으로 먹지 못하고 콧줄을 통해 영양분만 공급받으니 살이 빠져 뼈가 드러나는 건 당연했다. 좌표는 매일 조금씩 죽음 쪽으로 옮아갔다. 영무는 다리에 힘을 주고 겨우 걸었다. 휠체어 쪽을 보지 않으려고 애썼다. 엘리베이터에서 내린 뒤에도 병실로 곧장 가지 않고 화장실에 먼저 들렀다. 양변기에 앉자마자 울음이 터져 나왔다. 그건 저 밑에서부터 꾸역꾸역 올라오는 것이라 막을 도리가 없었다. 폐암 말기 판정을 받고, 암이 임파선과 신장으로 전이돼 수술이 불가능한 상태라는 걸 알게 됐을 때도, 항암 치료와 호스피스 프로그램 중에서 선택해야 했을 때도 그렇게 참담하지는 않았다. 영무는 병원에 온 후 처음으로 소리 내어 울었다. 몇 년 만의 눈물인지 알 수 없으나 눈물은 그런 사정 따윈 모른다는 듯 쏟아져 나왔다. 병원 화장실의 장점은 울음소리가 새어나갈까 봐 조심하지 않아도 된다는 것뿐이었다.

가슴이 아파서 못 살겠다는 엄마의 전화를 받은 게 한 달 전이었다.

"가슴이 왜 아파? 무슨 일 있어요?"

영무는 가슴이 아프다는 말을 속상한 일이 있다는 뜻으로 받아들였다. 그즈음 엄마는 늦게 결혼한 영무에게 아이가 없는 걸 속상해했고 다른 집 자식들이 좋은 집이나 차를 살 때마다 배 아파했다. 그 외에도 엄마가 속상해할 일은 차고 넘쳤다. 남이 잘된, 승승장구하는 이야기를 들으면 엄마는 꼭 영무에게 전화해 잔소리를 늘어놓았다. 한 번 사는 거 제대로 살아라. 욕심 좀 부리면서 살라고. 간혹 불행에 빠진 사람들의 사연이 전해지기도 했지만 그런 얘기는 엄마를 자극하지 못했다. 엄마는 우여곡절을 겪으며 살아온 사람들이 그렇듯 불행에 강한 면모를 보였다. 일을 그만두고 노인 대학에 다니기 시작한 뒤로 삶에 부쩍 욕심을 냈고 좋은 데 가서 맛있는 거 먹자는 말을 자주 했다. 계원들이나 학교에서 사귄 친구들과 산으로 바다로 놀러 다니고 영화나 공연을 보러 다니느라 일주일 내내 바빴다. 평생 허리띠 졸라매고 억척스럽게 살아온 엄마가 인생을 즐기려고 작정했다는 게 낯설면서도 보기 좋았다. 삶에 대한 태도는 엄마가 영무보다 젊고 진취적이었다. 엄마와 아내인 여진은 그런 쪽으로 죽이 잘 맞았다.

"또 무슨 얘길 들었는데 그래요?"

이번엔 또 누구의 사업이 잘되는가 싶어 영무는 심드렁하게 물었다. 여진의 전화를 받고 미용실로 가는 중이었다. 할 얘기가 있다는 목소리가 심상치 않았다. 평소 여진은 그런 식으로 말을 꺼내지 않았다. 의견이나 감정을 단도직입적으로 전달하는 편이었다. 그런데 전화로 말하기 곤란하다며 미용실로 와 달라고 했다. 착 가라앉은 목소리를 들은 뒤로 머릿속에서 나쁜 예감이 들끓었다.

"영무야, 진짜 가슴이…… 너무 아프다. 숨이 잘 안 쉬어져……."

엄마의 목소리는 깊은 곳에 갇혀 구조를 요청하는 사람의 것처럼 절박했고 조금씩 멀어져 갔다. 생전 아프다는 말을 하지 않는 사람이었다. 강골이기도 했지만 몸살에 걸려 열이 펄펄 끓어도 자고 나면 낫는다며 고집을 부렸고 엄살떠는 걸 싫어했다. 여진의 목소리를 들었을 때와는 또 다른 방식으로 가슴이 내려앉았다.

"엄마, 거기 그대로 있어. 꼼짝하지 말고."

영무는 급하게 차를 돌렸다.

응급실에 도착한 뒤로 검사는 계속되었다. 보호자가 할 수 있는 일이란 서류를 작성하고 기다리는 것뿐이었다. 영무는 응급실 침대 옆에 우두커니 앉아 있거나 이동식 침대를 따라다니며 검사가 끝나기만 초조하게 기다렸다. 엄마의 몸 안에서 무슨 일이 벌어지고 있는지 모른다는 두려움과 할 수 있는 게 아무것도 없다는 무력감이 그의 입과 손을 마르게 했다.

여진의 문자메시지와 부재중 전화를 확인한 건 자정쯤이었다.

— 어디야? 얘기 좀 하자니까. 전화는 왜 안 받아.

영무는 전화를 걸까 하다가 메시지 창을 열었다. 입술이 붙어 버리고 말이 그 안에 갇혀버린 듯했다.

— 지금 응급실이야. 나중에 전화할게.

마음과 달리 메시지는 간결했다. 우편 취급국 직원에게도 며칠 결근하게 될 것 같다는 내용을 전송했다.

회진 때 의사는 폐암이 많이 진행됐다며 큰 병원으로 가는 게 좋겠다고 했다. 부랴부랴 암 센터가 있는 병원에 연락해 그쪽으로 옮겼다. 그 병원에서도 검사는 계속 이어졌다. 대기와 검사는 끝나지 않을 것 같고 결과는 영원히 도착하지 않을 것만 같았다. 병원에서 보내는 시간은 초조하고 지루했지만 밥때는 꼬박꼬박 돌아왔고 소화가 안 되는 것 같은데 허기는 금세 몰려왔다. 하루가 터무니없이 짧았다.

의사와 면담이 잡혀 있는 날 아침, 영무는 엄마가 잠든 걸 확인한 뒤 여진에게 전화를 걸었다. 의사의 입에서 어떤 말이 나올지 감당할 자신이 없었다. 커피를 마시며 담배를 피우고 병원 주변을 산책해도 마음이 가라앉지 않았다. 몸속의 압력이 너무 높아서 숨을 크게 들이마시면 혈관 어딘가가 픽 하고 터져 버릴 것 같았다. 여진에게는 상황이 정리된 뒤에 알리고 싶었지만 이럴 때 전화를 걸어 심경을 토로할 사람이라곤 아내뿐이기도 했다. 결혼 생활과 어울리지 않는 사람이라고 줄곧 생각해 왔으면서도 이런 순간에는 혼자가 아니라는 사실에 깊이 안도한다는 게 우스웠다.

여진은 휴대전화를 받지 않았고 미용실로 걸자 한참 후에야 여보세요, 했다. 수화기 너머의 소음이 그대로 전해졌다. 여보세요, 라고 한 뒤 여진은 침묵했다.

"나야. 아직 병원이야."

"무슨 일이야? 응급실엔 왜 갔어?"

"엄마가 많이 안 좋아. 지금 검사 결과 기다리고 있어."

"……그걸 왜 이제 말해. 당신은 진짜……."

여진은 긴 한숨과 함께 말을 빠르게 맺었다. 영무는 한 손으로 얼굴을 문질렀다.

"혹시 지금 병원으로 올 수 있어?"

"……저녁에 예약 손님이 있어."

여진의 목소리는 차가웠다. 그녀가 화난 게 그날 자신이 미용실에 가지 않아서인지, 엄마의 입원 소식을 늦게 전해서인지, 둘 다인지 알 수 없었다. 영무는 허둥대면서도 이대로 전화를 끊고 싶지 않아서, 조금이라도 더 그녀와 대화하며 불안의 무게를 덜어 내고 싶어서 휴대전화를 뺨에 밀착시켰다.

"미안해. 빨리 전화했어야 했는데…… 그날 하려던 얘기가 뭐였어?"

"지금 그게 듣고 싶어?"

"응. 얘기해."

"진짜 듣고 싶어?"

"아무 말이라도 좋으니까 해 봐."

"……나중에 얘기하자."

무슨 말인가 하려고 입술을 달싹거리는 순간 손님이 왔다며 여진이 전화를 끊었다. 마지막으로 그녀가 한 말은 병원에 한 번 갈게, 였다.

여진과 좀 냉랭하게 지내 온 건 사실이었다. 저녁 식사나 취침 시간이 맞지 않아 얼굴을 못 보고 지나가는 날이 많았고 제대로 된 대화나 교감 없이 흘러가는 날도 늘었다. 결혼 생활이 자리를 잡으면서 서로 상의할 부분이 줄어서 그런 것 같기도 했고 권태기가 시작되는가 싶기도 했다. 여진은 미용실 영업이 끝난 뒤에도 미용 학원에 다니느라 바빴고 배운 걸 연습한다며 새벽에 들어오기 일쑤였다. 일을 시작했는데도 특유의 생기발랄함과 수다스러움은 돌아오지 않았다. 화가 나거나 불만이 생겨도 예전처럼 쏘아 대며 풀지 않고 입을 다물거나 자리를 피했다. 영무는 여진이 점점 자신과 비슷해진다는 걸 깨달았다. 어떤 문제를 만났을 때 외면하거나 대화를 피해 숨어 버리는 건 그가 삶에 대해 취하는 기본 자세였다. 다혈질에 생각한 대로 말해야 직성이 풀리는 여진의 성격이 감당하기 힘든 때도 있었지만 변하지 않고 그대로이길 바랄 때가 많았다. 여진의 그런 모습에 끌렸던 거니까. 미용실을 인수한 뒤로 여진은 그만둔 일이나 실패한 일에 대한 미련을 많이 떨쳐 낸 것 같았다. 침대에 누워 창밖만 하염없이 바라보거나 하루는 강아지를, 다음 날은 고양이를 키우자며 갈팡질팡하지도 않았다. 영무는 전화를 한 번 더 해 볼까 하다가 그만두었다. 대신 뻣뻣해진 목을 뒤로 젖혀 좌우로 돌렸다. 보조 침대에서 자는 게 익숙하지 않아 어깨와 등이 뻐근했다.

의사의 진료실은 단출했다. 머리가 희끗한 의사는 친절하고 침착했으나 그의 말은 암호 같아서 하나도 알아들을 수 없었다. 그가 한 말들은 귓속으로 들어오지 않고 공중을 떠다녔다. 확실한 건 수술을 할 수 없을 정도로 나쁜 상황이라는 것과 엄마의 생명과 관련해서 자신이 무언가를 결정해야 한다는 것뿐이었다. 그게 엄마의 발병 사실만큼이나 견디기 힘들었다. 선고가 내려지자 검사와 기다림의 시간이 얼마나 견딜 만했던 건지 알 수 있었다. 전화를 걸어 물어보거나 상의할 사람도 없었다. 위로를 받으려는 게 아니라 결정을 내려야 하는 일이므로 냉정해져야 했다. 의사는 빨리 시작할수록 좋다면서 항암 치료 절차를 설명했고 호스피스 프로그램 안내도 곁들였다. 영무에게는 생각할 시간보다 용기와 결단력이 필요했다. 손으로 지그시 누르고 있는데도 다리가 제멋대로 후들거렸다.

"됐다."

항암 치료 얘기를 조심스럽게 꺼내자 엄마는 딱 잘라 말했다. 놀라거나 당황하는 기색도 없었다. 낭패스럽기는 하지만 이렇게 될 줄 알았다는 듯 눈을 내리깔았다.

"저번에 계원들이랑 가서 건강검진 받았어."

새해를 건강하게 시작하자며 가을에 단체로 예약한 뒤 12월에 깔깔거리며 병원으로 몰려갔다고 한다. 검사 전날엔 금식해야 되니까 다 끝나고 송년회 겸 근사한 데 가서 맛있는 걸 먹자는 얘기도 나눴다. 그 뒤에 엑스레이에 이상이 있다며 흉부 시티 촬영을 하라는 연락을 받았지만 엄마는 모른 척했다. 아무 일 없는 것처럼 신년회에 참석하고 사람들과 덕담을 나누며 새해를 맞았다.

"조직 검사를 하라는데 뜨끔하더라. 폐암이 집안 내력이잖아."

"그때 검사받고 수술했으면 됐잖아요. 왜 병을 키워요?"

"새 모이만큼 모아 놓은 돈 병원비로 다 날리기 싫었다. 어차피 인명은 재천 아니냐."

연말에 엄마는 친구들과 함께 제주도와 일본 온천 여행을 다녀왔고 여진이 미용실을 인수하는 걸 적극 찬성하고 후원 했다. 영무와 여진에게 여행이라도 다녀오라며 봉투를 내밀었고 결국은 부부밖에 없다는 얘기도 여러 번 했다. 평소보다 활력이 넘쳤다. 그런 엄마를 보고 여진은 애인이 생긴 것 같다고 했고 영무는 연애도 나쁠 것 없지만 그런 것 같지는 않다고 생각했다.

"몸 안에서 뭔가 망가지는 건 알겠는데, 아는 척하고 호들갑 떨면 더 극성부릴 것 같아서 모른 척했다…… 이번엔 좀 가슴이 아프다 싶더라만."

엄마는 립스틱이 지워져 흔적만 남은 입술을 꾹 깨물었다. 영무는 포기하지 않고 기회가 될 때마다 엄마를 설득했다. 치료만 잘하면 짧게는 1년, 길게는 3년쯤 더 살 수 있다는데 손 놓고 있을 수만은 없었다. 하루가 시급하고 아까웠다. 그러나 엄마는 고개를 저었다. 명대로 살다가 갈란다. 머리 빠지는 것도 싫고 독한 약 먹고 토하는 것도 싫고 돈 버리는 것도 싫다. 이모가 항암 치료하는 걸 옆에서 지켜본 엄마는 끝까지 마음을 바꾸지 않았다.

"그게 사는 거냐? 난 그렇게 사는 건 싫다…… 우아하게 죽고 싶어."

엄마. 영무는 눈물 나는 걸 참느라 잡고 있던 손에 힘을 주었다. 우아한 게 대수예요? 구차하고 치사하고 지저분해도 사는 쪽을 택해야죠. 입을 열면 울음이 터질 것 같아 이를 악물어야 했다. 병실 침대에 누워 있는 사람들의 뒷모습을 볼 때마다 아버지의 마지막 모습이 떠올랐다. 등을 보인 채 방바닥에 쓰러져 있던 그는 뿌리가 뽑힌 채 말라 가는 나무처럼 황량해 보였다. 엄마가 그렇게 되는 걸 늦추고 싶었다. 예순일곱이면 좀 더 살아도 좋지 않을까. 그러나 엄마의 고집을 꺾기는 어려웠다.

항암 치료를 포기하기로 결정한 뒤 엄마는 집에서 가까운 시립 병원으로 옮겼다. 호스피스 병동이 따로 있는 건 아니지만 시설이나 시스템이 괜찮다며 의사가 추천한 곳이었다. 무엇보다 병원 뒤편과 각 층에 바람 쐬며 산책할 수 있는 정원이 있다는 게 마음에 들었다. 입원하는 날 여진이 병실에 필요한 물품들을 챙겨 왔고 영무의 속옷과 양말, 셔츠도 따로 담아 왔다.

여진을 본 엄마는 갑자기 눈물을 쏟았다. 너도 알지? 내가 어떻게 살았는지. 혼자서 영무 어떻게 키웠는지 알지? 얼마 전에 일 그만두고 노인 대학 등록했는데. 엄마는 한참 동안 말과 뒤섞인 울음을 토해 냈다. 나는 정말 아무것도 못해 봤다. 아무것도. 너무해, 와 아무것도, 를 반복하며 엄마는 오열했다. 여진이 엄마의 손을 잡으며 같이 눈물을 흘렸다. 사람들 앞에서 우는 게 싫다며 이 악물고 버텨 온 엄마의 눈물은 걷잡을 수 없이 터져 나왔고 쉽게 멈추지 않았다. 영무가 몸을 가누지 못하고 버둥거리는 엄마를 끌어안았다. 그러자 엄마는 손에 닿는 것이 놓쳐 버린 세월, 붙잡고 싶은 삶이라도 되는 양 셔츠를 입은 영무의 가슴팍을 꽉 그러쥐었다. 가능하다면 영무는 자신의 시간을 뚝 떼어 주고 싶었다. 그러고 싶은 심정이 아니라 정말 그렇게 하고 싶었다. 그에게 삶이란 붙들고 싶은 것이 아니라 서둘러 흘려보내고 싶은 것이었다.

간호사가 왔을 때 엄마는 기진한 상태였다. 간호사가 혈압을 재고 링거를 확인하는 동안 영무는 발치에 떨어져 있는 셔츠 단추를 발견했다. 그걸 쳐다보다가 주워서 주머니에 넣었다. 엄마가 잠든 걸 확인한 뒤에 영무와 여진은 병실 밖으로 나왔다.

두 사람은 병원 앞 죽집에 마주 앉았다. 여진의 눈과 코끝이 붉었다. 그녀는 훌쩍거리며 엄마가 혼자 울지 않아서 다행이라고, 안아 주는 게 보기 좋았다며 다음에도 꼭 그러라고 당부했다. 고개를 끄덕이면서도 영무는 갑자기 울음을 터뜨린 엄마의 몸이나 마음이 지금 어떤 상황, 어느 단계에 있는지, 앞으로 죽음에 어떻게 반응하고 변해 갈지 알 수 없어 막막했다.

전복죽과 호박죽의 냄새는 현실의 것이 아닌 것처럼 고

소하고 달큰했다. 영무는 죽 위에 뿌려진 깨와 참기름을 비빈 뒤 한 숟가락 크게 떠먹었다. 헛바늘이 돋아 꺼끌한 입안에 따뜻하고 부드러운 기운이 퍼져 나갔다. 병원에 있는 동안 한 끼도 거르지 않고 사 먹었는데도 챙겨 먹었다는 느낌보다 억지로 때웠다는 기분이 강했다. 그런데 죽을 몇 숟가락 뜨자 묘하게 안도감이 몰려왔다. 영무는 맞은편에 앉아 있는 여진을 바라봤다. 그녀는 고개를 숙인 채 흘러내리는 머리카락을 귀 뒤로 넘겼다. 여진과 마주 앉아 밥을 먹는 건 오랜만이었다. 그러나 그릇을 비울 때까지 두 사람은 한마디도 나누지 않았다. 지금 무언가 묻고 대답하기 시작하면 죽은 식고 모처럼의 식사도 망치게 된다는 걸 3년간의 결혼 생활을 통해 터득한 상태였다.

죽집에서 나온 영무와 여진은 방향을 정하지 못한 채 머뭇거렸다. 그리고 비슷한 타이밍에 "얘기 좀 할까?", "바로 들어가 봐야 돼?" 하고 물었다.

"하루 쉴 거야. 오늘은 예약도 없고, 어차피 손님도 별로 없는데 뭐."

영무도 내일부터 출근할 예정이었다.

"그럼 커피 한잔하자."

여진이 주위를 둘러보며 카페를 찾았다. 거리를 오가는 사람들은 혹독하고 변덕스러운 겨울이 물러나고 봄기운이 한낮의 거리를 따사롭게 감싼 것에 매료된 표정이었다. 나무들은 가지마다 뽀얗게 움이 텄고 꽃 피울 준비가 한창이었다. 여진도 자연이 선사하는 축복에 쉽게 매혹되고 감격하는 편이지만 오늘은 날이 지나치게 밝고 쓸데없이 따뜻한 게 아닌가 싶었다. 이 모든 변화가 자신과 상관없이 느껴졌다. 사람들이 북적거리는 대형 커피 전문점에 들어가서 큰 소리로 대화하는 것도 내키지 않았고 테이크아웃해서 앉아 있을 만한 곳도 마땅치 않아 보였다. 그녀는 속이 후련해질 때까지 소리를 지르고 싶은 걸 꾹 참았다.

영무는 술을 좋아하지 않으면서도 일찍 문을 연 술집이 있나 살펴봤다. 엉망으로 취한 뒤 침대에 고꾸라지고 싶은 마음이 간절했다. 그러나 다시 병원에 들어가 엄마의 옆자리를 지켜야 하는 게 현실이었다. 좁은 골목까지 걸어간 두 사람은 다시 대로 쪽으로 걸음을 옮겼고 결국 대형 카페의 구석 자리에 앉았다. 영무는 둘이 대화를 나누기 위해 마주 보는 게 얼마 만인가 생각했고, 여진은 얼굴이 상하고 훌쩍 늙은 영무를 보는 게 편치 않았다.

"혼자 고생 많았어. 내가 좀 일찍 왔어야 했는데. 미안해."

여진은 스틱으로 카페라테의 거품을 저었다. 영무는 엄마의 상황과 의사가 했던 말, 엄마가 고집을 부려 항암 치료는 안 하기로 했다는 얘기를 두서없이 전했다. 여진은 착잡한 표정으로 고개를 끄덕거렸다.

"그날, 미용실에 가던 길에 갑자기 응급실로 오게 된 거야."

"그랬구나."

"……미용실엔 왜 오라고 했어?"

하려던 얘기가 뭐냐고 묻고 나서 영무는 담배를 피우고 올걸, 후회했다.

"어머니가 아프시다니 말하기가 좀 그러네."

여진은 끝말을 흐리더니 커피를 한 모금 마셨다.

"중요한 얘기면 해야지."

여진이 이 상황에 어떤 불행도 보태지 않길 바라면서도 영무는 태연한 척했다.

"……그래. 지금 얘기해 버리는 게 나을 수도 있겠다. 어차피 말해야 되는 거니까."

영무는 지금이라도 나가서 담배를 피우고 올까 싶었지만 붙박인 것처럼 꼼짝도 할 수 없었다.

"이혼하자, 우리. ……그날 그 말 하려고 했어."

이혼이라는 단어는 불시에 찌르고 들어왔다. 잘 벼린 칼날처럼 날카로웠지만 아픔보다 놀라움 때문에 가슴이 내려앉았다.

"……충분히 생각해 봤어?"

"많이 고민하고 얘기하는 거야."

진심이라는 걸 강조하려는 듯 여진이 영무의 눈을 지그시 들여다봤다. 오히려 영무가 말의 무게를 이기지 못한 채 고개를 돌렸다. 평범한 얘기가 아닐 거라는 예감은 있었지만 이혼일 줄은 몰랐다.

"우리…… 그 일도 잘 이겨 냈잖아. 앞으로 잘 지내다 보면……."

"내가 좀 살고 싶어서 그래."

여진의 말투는 단호했다. 입가에 우유 거품이 조금 묻어 있었다.

영무에겐 이혼 자체보다 타이밍이 더 가혹했다. 며칠 동안 제대로 먹지도 자지도 못하고 마음 졸이며 지냈다. 혼자서 엄마의 발병과 상태의 심각성을 감당해야 했고 항암 치료를 하지 않겠다는 결정도 내려야 했다. 버거운 시간이었고 여진에게 위로받고 싶은 마음도 얼마쯤 있었다. 위로나 격려로 상황이 나아지지 않는다는 걸 아는데도 그랬다. 오래전, 영무가 모르던 어느 순간부터 그 밤을 향해 한쪽에서는 폐암이, 다른 쪽에서는 이혼이 달려오고 있었던 것이다. 병원에 먼저 왔기 때문에 폐암을 일찍 만나고 오늘에서야 이혼을 만나게 된 것뿐이다. 시간을 늦출 수는 있지만 어느 것도 피할 수 없었다는 사실이 그를 기운 빠지게 했다. 영무는 수염이 꺼끌하게 자란 턱을 여러 번 문질렀다. 지금이라도 실내가 어두운 술집에 들어가 독한 술을 몇 잔 마신 뒤 긴 잠에 빠지고 싶었다.

"이유나 알자."

자제하려고 애쓰는데도 목소리가 흔들렸다.

"당신이랑 같이 있으면 답답하고 숨이 막혀서 죽을 것 같아. 그동안 우리가 소리 내서 신나게 웃어 본 적 있어? 껴안고 울어 본 적 있어? 이게 무슨 부부야. 차라리 혼자가 낫지. 그러니까 이제 그만하자."

여진의 입가에 우유 거품이 마른 채로 남아 있었다. 한참 침묵하던 여진이 커피를 한 모금 마신 뒤 말을 이었다. 솔직히 처음엔 같이 일하는 여자애 만나는 거 아닌가 오해했어. 그땐 화도 났지만 어떤 가능성이 있다고 생각했어. 감정은 살아 있구나. 다시 사랑할 수 있는 사람이구나. 그런데 그것도 아니잖아. 영무는 자신의 빈 컵을 내려다봤다. 컵 바닥에 갈색 커피 자국이 남았다. 언뜻 보면 길고 가느다란 초승달 같았다.

이성에게 호감을 느끼고 다가갔던 20대 초반부터 결혼하기 전인 30대 후반까지 이별을 통보한 여자들이 했던 얘기는 모두 비슷했다. 넌 날 좋아하지 않는 것 같아. 다른 여자 생겼어? 나랑 있으면 우울해? 내 얘기 듣고 있는 거야? 우린 안 맞는 것 같아. 너랑 있으면 외롭다고. 여자들은 숨이 막힌다고 했다. 그게 아니라 너를 좋아하고, 너를 만나는 시간을 기다리고, 너 때문에 이만큼 밝아진 거라고 말해도 믿지 않았다. 햇빛을 받지 못한 식물이 누렇게 말라 가듯 그녀들의 얼굴에는 그늘이 짙게 내려앉았다. 사랑이 말라 죽는 걸 보며 영무는 더 과묵해졌고 마음을 닫아걸었다. 여진이 결혼 생활에 만족한다고 생각한 건 아니지만 잘 지내는 줄 알았다. 이런 결말이 기다릴 줄은 몰랐다.

"충분히 생각해 보고 결정한 거라니까. 내가 어떤 얘기를 해도 마음을 바꾸진 않겠지. 그런데……."

영무는 손바닥에 난 땀을 바지에 문질러 닦았다. 잡아 주길 바라는, 미련이 남아 있는 이별 제안과 몸과 마음이 이미 떠난 후에 예의를 지키기 위해 전하는 통보조차 구분 못할 정도로 둔하진 않았다.

"부탁 하나만 하자."

영무가 입을 떼자 여진이 고개를 끄덕였다. 영무의 결혼이 끝장난 걸 알게 되면 엄마는 자신이 암에 걸린 것보다 더 괴로워할 게 분명했다. 그것만은 막고 싶었다.

"엄마가 시간이 많지 않아. 봐서 알겠지만 상태도 안 좋고…… 길어야 두 달이라니까…… 기적은 아무 때나 일어나는 게 아니니까 그 말대로 되겠지. 그러니까 이혼은 조금만 미루자. 그때까지만 기다려 줘."

영무는 감정을 누르며 말을 마쳤다. 여진과 엄마에 대한 감정이 각기 달랐으나 얼마쯤은 뒤섞여 있었다. 뭔가 할 얘기가 더 있는 것 같기도 하고 거품처럼 끓어오르는 감정을 걷어 낸 뒤 침묵 속에서 웅크리고 싶기도 했다. 여진의 눈시울이 살짝 붉어졌다.

"그래."

이혼에 대해 잠정적으로 합의한 뒤 두 사람은 카페 밖으로 나왔다. 잠깐 서로의 얼굴을 쳐다본 다음 영무는 병원 쪽으로, 여진은 반대편으로 걸음을 옮겼다. 봄날 오후는 박제된 것처럼 여전히 거기 있었다.

그게 한 달 전이었다. 그동안 세상의 온도와 색깔은 완전히 바뀌었다. 봄볕은 완연해졌고 꽃들은 만개했다. 엄마의 상태는 더 나빠졌고 여진과의 관계도 냉랭함이 깊어진 채 회복될 기미가 없었다.

엄마가 잠든 모습을 보고 병실에서 나와 1층 출입문 밖으로 걸어가는 동안, 영무는 병원에서 서서히 벗어났지만 그의 의식이나 기분은 여전히 병원에 속해 있었다. 병원은 정문 앞, 벤치가 놓인 잔디밭을 지나 길 건너 정류장과 편의점까지 영역을 넓혔고 그가 쳐다보는 모든 것이 병원의 그늘에 잠겼다. 한 달 동안 병원 출입을 반복했는데도 그 확장과 침범에 대해서는 도무지 익숙해지지 않았다.

택시를 기다리며 영무는 담배에 불을 붙였다. 점심시간이라 인근 빌딩의 직장인들이 삼삼오오 무리를 지어 음식점으로 향했다. 봄이 무르익고 벚꽃이 만개한 거리에서 사람들의 움직임은 한결 가볍고 리드미컬해 보였다. 병원에 들어가기 전에는 세상에 젊고 건강한 사람들이 넘쳐 난다는 걸 의식하지 못하지만 병원에서 나온 뒤에는 그 사실이 늘 선명하게 다가왔다. 이런 대형 병원은 시내 곳곳에 있고 아픔과 질병, 죽음은 꽤 가까운 곳에 진 치고 있지만 대부분의 사람들은 그걸 인식하지 못한 채 살아간다. 죽음을 잊고 산다는 건 어리석은 일일지 몰라도 시선이 삶 쪽에 고정되어 있다는 건 축복일 것이다.

시립 병원으로 옮기던 날 여진과 함께 갔고 그 후로도 몇 번 들러서 포장을 부탁했던 죽집이 보였다. 병원에서 나오면 입맛이 없고 밥 생각도 사라졌지만 일을 하러 가야 하므로 끼니를 거를 수도 없었다. 엄마와 여진은 둘 다 죽을 좋아했다. 엄마는 별다른 반찬 없이 한 그릇 뚝딱 먹어 치울 수 있어서 편하다고 했고, 여진은 누군가 끓여 주거나 사다 준 죽을 호호 불어 가며 떠먹다 보면 보살핌을 받는 것 같은 기분이 들어 좋다고 했다. 영무는 담배를 비벼 끈 뒤 택시 정류장에서 나와 길을 건넜다. 야채죽을 주문하며 맛을 전혀 구현해 내지 못하는 호박죽과 단팥죽 사진을 쳐다봤다. 엄마는 앞으로 영원히 단팥죽을 먹지 못할 것이고 여진에게 호박죽을 사다 줄 일도 없을 것이다.

죽을 기다리며 영무는 자신이 여진을 사랑하는가, 사랑하지 않는가 생각해 봤다. 그러나 곧 그게 중요한 문제가 아니라는 걸 깨달았다. 감정의 정립이나 정리는 개인에게는 필요한 절차지만 둘 사이에 놓인 이혼이라는 상황에 있어서 이쪽의 사랑 여부는 아무 결정력이 없어 보였다. 여진은 이미 그러기로 마음먹었고 번복할 리 없으며 시간이 미뤄지기는 했지만 둘 사이의 합의도 끝났다고 할 수 있었다. 그리고 영무의 마음도 배신이나 상처, 어느 쪽으로도 그다지 뜨겁지 않았다. 뜨거움이라면 탁자 위에 놓인 죽 쪽의 온도가 훨씬 높았다. 그의 내부에서 잔잔하게 요동치는 건 상실감이었다.

영무는 수저를 내려놓고 나서 여진에게 전화를 걸었다. 직접 통화를 하고 싶을 때는 휴대전화보다 미용실로 거는 편이 나았다. 그래야 여진이 손님의 전화로 오해하고 받을 가능성이 높았다. 물론 영무라는 걸 안 뒤에는 목소리가 달라졌지만 그래도 둘 사이에는 아직 의리가 남아 있었다.

"나야. 병원에 좀 왔다 가. 시간 맞춰서 같이 가면 더 좋고."

영무의 말을 듣더니 여진은 응, 그래, 라고 대답했다.

"나중에 전화할게. 밥 잘 챙겨 먹어."

그래, 너도. 영무는 점심으로 죽을 사 먹었다는 얘기는 하지 않았다.

*

국장이 포장해 온 호박죽은 따뜻했다. 쇼핑백 안에는 플라스틱 반찬 용기도 옹기종기 담겨 있었다. 식기 전에 먹으라며 건넨 뒤 국장은 겉옷을 벗고 자리에 앉았다. 점심시간을 이용해 병원에 다녀온 날은 꼭 죽이나 만두 같은 먹을거리를 사 왔다. 그럴 때면 다른 날보다 몇 갑절 더 늙고 지쳐 보였다.

소정은 사무실 뒤쪽의 탕비실에 앉아 죽 그릇을 꺼냈다. 달콤한 냄새가 좁은 공간에 퍼졌다. 오래 앓아누웠던 아빠 때문에 죽은 쳐다보기도 싫었는데 노란 빛깔의 호박죽은 입에 맞았다. 호박죽과 단팥죽이 좋아졌다고 했더니 진수가 늙은이 같다며 놀렸다.

우편 취급국의 일은 복잡할 것도 어려울 것도 없지만 국장과 단둘이 근무하는 건 쉽지 않았다. 일단 침묵과 고요에 익숙해져야 하고 정적을 깨지 않도록 신경 써야 했다. 라디오나 음악도 틀어 놓지 않아 취급소 안에는 조용히 물을 뿜어내는 가습기와 사람의 출입에 따라 딸랑거리는 종소리만 간간이 울렸다. 대로변이나 사무실 밀집 지역에 위치한 게 아니라 이용하는 사람들도 많지 않았다. 9시부터 6시까지, 손님들이 올 때를 제외하고 두 사람은 책상에 나란히 앉아 조용히 시간을 흘려보냈다. 근무시간에 일이 없을 때 소정이 해도 되는 건 독서 정도였다. 책장을 넘길 때도 조심해야 할 만큼 열 평 남짓한 사무실 안은 고요했다.

할 일이 없어 하품이 나올 때마다 소정은 두 달 전에 일했던 광고 기획사를 떠올렸다. 하루 종일 전화벨이 울리고 눈코 뜰 새 없이 바빴던 곳. 그곳에서 소정은 3개월 동안 근무하게 된 다섯 명의 인턴 중 한 명이었고 밀려드는 업무와 소란스러움에 질려 멀미가 날 지경이었다. 우편 취급국의 아르바이트 공고를 본 건 3개월의 인턴 업무가 끝나는 날 오전이었다. 처음 인턴을 선발했을 때 회사 측은 최종 한 명을 선발해서 직원으로 취업시키겠다며 경쟁을 붙였지만, 한 달 두 달 지나는 동안 그 얘기는 슬그머니 사라져 버렸다. 직원 스무 명 규모의 광고 기획사는 직원을 늘릴 여력이 없어서 정부에서 임금의 절반을 지원하는 인턴들을 고용한 것뿐이었다. 운 좋게 다섯 명 중 한 명으로 뽑힌다 해도 직원이 되는 건 정규직 직원이 그만뒀을 때나 고려해 볼 수 있는 시나리오였고 그렇게 된 뒤에도 다섯 명이 나눠 하던 허드렛일을 도맡아 처리하는 사무 보조를 벗어날 길은 없어 보였다. 그게 소정이 3개월 동안 일하면서 얻은 결론이었다. 사무 보조라고 한가한 것도 아니었다. 회의와 프레젠테이션, 야근이 많아 직원들의 업무를 돕고 심부름을 하는 것만으로도 정신이 없었다. 인턴 한 명이 직원 두세 명을 보조하며 출력, 복사 등의 회의 자료 준비와 전화 연락, 메일 발송, 모델과 제품 관련 설문 조사 등 잡일을 도맡아야 했다.

"난 광고 기획사라고 해서 광고 분석이라도 시킬 줄 알았는데, 고급 인력 데려다가 허드렛일만 시키고, 정말."

첫날, 광고 회사에서 꼭 일하고 싶습니다, 라고 자신을 소개하며 야무진 인상을 남긴 A는 3개월 내내 볼멘소리를 달고 살았다. 처음에 A는 자신이 만든 상반기 광고계의 동향이나 인기 모델 분석 같은 보고서를 일주일에 하나씩 팀장에게 제출했다. 초반에 팀장은 제목을 훑어보고 한두 장 넘겨 본 뒤 책상 옆에 쌓아 두었지만 A가 보고서에 대한 의견을 물어보며 계속 제출하자, 제발 시키는 일만 하라고 짜증을 냈다. A가 속한 팀은 당장 제작해야 하는 광고 스토리보드와 수정해야 할 시안, 슬로건이 줄줄이 대기 중이었다. 직원 자리를 노리던 인턴들은 하나둘 욕심을 버렸고 이력서에 추가할 경력을 한 줄 더 얻은 것에 만족해야 했다. 의욕은 사라졌지만 그 덕에 서로 경쟁하지 않고 결속력을 다지며 일하게 되었다.

소정은 처음부터 한 명을 뽑는 직원 자리는 탐내지도 않았다. 다섯 명의 인턴 중 하나가 된 것만으로도, 그래서 3개월 동안 일하며 월급을 받을 수 있게 된 것만으로도 만족했다.

어떤 열망이나 계산도 없이 복사기가 토해 내는 회의 자료의 순서와 장수를 확인한 뒤 스테이플러로 탁탁 찍었고, 종이에 색칠을 하라면 하고 오려 붙이라면 군말 없이 그렇게 했다. 직원들의 회의가 길어지면 임시로 마련해 준 책상에 앉아 건조한 얼굴 위에 싸구려 미스트를 뿌리며 퇴근을 기다렸다. 그렇게 보낸 3개월의 겨울은 길다면 길고 짧다면 짧았다.

인턴 업무가 끝나는 날은 아무도 업무 지시를 내리지 않았다. 외부 미팅을 나가려던 팀장이 인심 쓰듯 점심 식사 후에 퇴근하라고 말했다.

"그동안 수고한 인턴들에게 박수 좀 쳐 주자고."

팀장이 주머니에 찌르고 있던 손을 꺼내 박수를 치자 직원들이 일제히 수고했어요, 하며 박수를 쳤다. 누군가는 휘파람까지 불며 환호했다. 박수 소리가 예상보다 커서 기분이 이상했다. 소정은 눈물이 날 것 같아서 눈을 여러 번 깜박거렸다. 3개월 동안 같이 지냈는데 앞으로 못 본다는 게 슬픈 게 아니라 마지막 날까지 옮겨 갈 곳을 정하지 못했다는 게 서글펐다. 월말이긴 하지만 모두가 새로운 마음으로 시작하는 1월에 백수가 되는 건 추운 일이었다. 점심시간 전까지 할 일이 없어서 취업 사이트에 접속해 일자리를 찾다가 우편 취급국의 아르바이트 공고를 보게 되었다. 채용 기간 3개월, 급여는 면접 시 협의, 9시 출근 6시 퇴근, 주 5일 근무, 중식 제공, 초대졸

이상. 조건은 무난했다. 며칠 쉬고 싶은 마음이 없는 건 아니었지만 뽑아 주기만 한다면 그런 바람 정도는 가볍게 접을 수 있었다. 소정은 그 자리에서 바로 새로운 3개월짜리 직장으로 옮겨 갈 마음의 준비를 마쳤다.

진수와 저녁을 먹고 있는데 면접을 보러 오라는 전화가 걸려왔다. 소정이 좋아하자 진수는 탐탁지 않은 얼굴로 포크를 내려놓았다.

"언제까지 아르바이트만 할 거야? 이제 제대로 된 직장을 구해야지. 그러지 말고 한 1년만이라도 진득하게 취업 준비해라. 인생이 달린 문제잖아."

예전에 진수는 소정이 괜찮은 알바를 구하면 함께 기뻐해 줬지만 졸업반이 된 뒤로는 많이 달라졌다. 부모님과 상의해서 몇몇 회사를 목표로 정하고 2년 정도 투자할 계획을 세운 다음에는 아무 데나 취직하는 건 앞날을 망치는 일이라는 말도 자주 했다. 첫 단추가 얼마나 중요한데 넌 왜 그렇게 생각이 없어? 뒤의 말은 때에 따라 가감되었다. 아르바이트를 해서라도 돈을 벌어야 하는 소정의 형편을 진수가 모르는 건 아니었다. 그러나 그가 아는 건 안다고 하기 어려운 수준의 앎이었다. 부자라고 다 같은 부자가 아니라 다양한 특징과 세부 사항에 따라 등급이 나뉘듯 가난한 사람들도 제각각의 방식으로 가난했다. 왜 1년은커녕 6개월조차 온전히 자신에게 투자할 수 없는지 말로 풀어 설명하기란 쉽지 않았다. 다행히 우편 취급국은 집에서 멀지 않았다. 지름길로 걸어가면 20분 정도 걸리니 채용만 된다면 차비도 절약할 수 있을 것 같았다. 그것만으로도 우편 취급국에 대한 호감도가 상승했다.

면접은 간단했다. 자신을 국장이라고 소개한 남자는 근면과 성실을 중요하게 여기는 듯 결근과 지각은 절대 안 된다고 강조했다. 시간 엄수만 잘하면 일은 어려울 게 없다고 덧붙였다. 남자는 30대 후반이나 40대 초반으로 보였는데 면접 내내 한 번도 웃지 않았다. 면접을 끝내고 나오면서 소정은 뒤를 돌아보았다. 가로로 긴 취급국 안은 단출하고 고요했다. 소정은 그 고요함이 마음에 들었다.

두 번의 휴학 끝에 대학을 졸업했을 때 손에는 빚 문서 같은 졸업장이 남아 있었다. 적성이나 성취감을 고려해서 직업을 고르고 특정한 회사를 목표로 정해서 시간을 투자할 만한 여건이 아니었다. 소정은 여기저기 열심히 지원했고 3개월 일하고 한 달 쉬고 또 3개월 일하는 생활도 마다하지 않았다. 학생 때 아르바이트하면서 받던 돈과 비슷한 월급을 받으면서 학자금과 이자를 조금씩 갚아 나갔다. 졸업했는데도 발목에 매달려 있는 쇠공의 무게는 줄어들지 않고 그대로였다.

사는 일에 지치고 멀미가 날 때마다 속에서 흰죽 냄새가 뭉근하게 올라왔다. 아빠가 자리보전하던 1년 동안 집안에는 흰죽 끓이는 냄새와 환자의 방에서 새어 나오던 썩은 내가 공기처럼 떠다녔다. 고3이었던 소정은 집에 오는 시간을 늦추기 위해 학교에 남아 자율 학습을 했다. 대학에 가고 싶다는 열망만큼이나 집에 가기 싫은 마음이 컸다. 11시쯤 집에 도착하면 자다 일어난 엄마가 데운 흰죽 위에 간장과 참기름을 뿌려 주었다.

"학교 다녀왔어요."

아빠가 누워 있는 방의 문을 살짝 열고 인사하면 어어, 하는 대답보다 쿰쿰한 썩은 내가 먼저 흘러나왔다. 새벽에 나가야 하는 엄마는 다시 잠을 청하고 부엌 옆의 자투리 공간을 개조한 방에서 동생은 새벽까지 컴퓨터로 게임을 하며 총과 칼을 마구 휘둘렀다. 그 애의 표정은 늘 비장하고 몸짓은 분노에 차 있었다. 소정은 이어폰을 끼고 볼륨을 높인 뒤 죽을 떠먹었다.

아빠가 죽었을 때 가족들은 남편과 아빠를 잃었다는 슬픔보다 가장이 영원히 사라졌다는 상실감에 더 깊이 시달렸다. 소정은 원하는 대학에 합격했지만 기쁨보다 걱정이 앞섰다. 아빠가 일할 때도 마른 수건을 쥐어짜는 것처럼 사는 게 팍팍했다. 쪼들리고 메마른 느낌이 어깨를 지그시 눌러서 사춘기 이후로 늘 어깨가 구부정하고 자세가 나쁘다는 지적을 받았다. 아빠라는 수입원이 영원히 사라졌다는 건 가족들에게 슬픔보다 공포와 재앙으로 다가왔다. 그래도 남은 사람들끼리 보듬고 위로하고 마음을 합쳐서 기운을 내면 좋을 텐데 엄마와 남동생, 소정은 각기 다른 방향으로 흩어졌다. 마음이 뾰족해져서 가까이 다가가면 서로에게 짜증을 내고 상처를 입혔다. 아빠의 죽음을 불행의 시작이라고 말할 순 없을 것이다. 불행의 여러 가지 모습 중 하나라고 하는 편이 맞을 것이다. 아빠가 몸져누워 있을 때부터 가장 노릇을 하느라 제대로 쉬지도 못한 엄마는 자주 앓아누웠다. 그러면서도 병원엔 절대 가지 않았다. 엄마는 죽음보다 병의 진단을, 통증보다 치료비를 더 두려워했다.

화실에 다닐 수 없게 되자 미대에 가고 싶어 했던 남동생은 대학 진학을 포기해 버렸다. 그 애는 처지와 형편에 대한 판단이 빨랐고 포기도 신속했다. 대학 진학이 인생의 목표도 아니었으면서 그게 좌절되자 인생 자체를 내팽개쳤다. 그냥 둬. 이렇게 살다가 죽게. 어느 순간부터 그 말을 입버릇처럼 내뱉었다. 그 애는 학교에도 가는 둥 마는 둥 하며 음식점 배달 아르바이트를 전전했다. 엄마와 소정은 그 애가 새벽에 들어오면 잠결에도 몸을 더듬어서 사지가 멀쩡하게 붙어 있는지 확인했다. 대학 나와도 사람대접 못 받는 세상인데 대학 안 가고 어떻게 살래? 소정이 야단치고 윽박지르다가 눈물로

호소하면 동생은 인상을 쓰며 자리를 박차고 일어났다. 내버려 둬. 이렇게 살다가 죽을 거니까.

동생이 며칠 집에 안 들어와서 걱정하고 있는데 아르바이트하던 식당의 사장이 들이닥쳤다. 그는 씩씩거리며 엄마한테 삿대질을 했다. 동생이 배달 오토바이를 훔쳐 타고 달아났다는 것이다. 그 새끼 손버릇도 안 좋아서 내가 그동안 손해를 얼마나 봤는지 알아? 사장은 엄마와 소정에게 욕지거리를 해대며 난리를 부렸다. 그 애가 집에 들어오지 않는 것보다 오토바이가 사라졌다는 게 여러 사람을 더 곤란하게 만들었다. 소정은 틈날 때마다 동생에게 전화하고 문자를 보냈다. 며칠 뒤 도착한 그 애의 답장은 나한테 신경 꺼, 알아서 살 테니까, 였다. 그 뒤로 몇 번 더 짤막한 문자와 전화를 주고받았지만 반년 전부터는 전화를 걸 때마다 지금 거신 번호는 없는 번호이오니, 라는 안내 멘트만 흘러나왔다. 소정은 그게 그 애의 안부와 상관없기를 바랐다. 걱정이 돼서 잠이 안 올 때마다 동생의 미대 진학을 위해 자신이 무언가 희생했더라면 어땠을까, 뭔가 달라지지 않았을까, 자책했다. 그 자책은 깊고 빠르게 뿌리를 내려 그녀를 옴짝달싹 못하게 했다. 사는 게, 사연이 너무 진부하고 뻔해서 넌더리가 났다.

그래도 진수를 만나면서 웃음이 늘었고 빡빡한 생활도 견딜 만해졌다. 달라지거나 변한 건 없었다. 그저 삶에 대해 희망을 조금 품게 되었을 뿐이다. 그동안 주먹을 꽉 쥔 채 오기로 버텨 왔다면 생크림처럼 부드럽고 달콤한 희망을 살짝 맛본 뒤로는 열망의 온도가 상승했다.

광고 회사에서 짐을 정리하며 소정은 모니터 옆에 붙여 두었던 진수 사진과 우유니 소금 사막 사진을 번갈아 쳐다보았다. 그 둘은 삶 속에서 소정을 가장 가슴 뛰게 하는 것이었다. 볼리비아의 우유니 사막은 비가 오면 바닥에 얇은 수면 막이 생겨 하늘이 그대로 비치는 거울이 된다고 한다. 다큐멘터리 프로그램에서 본 뒤 소정은 그곳을 가고 싶은 곳 리스트에 첫 번째로 올렸다. 프린트로 출력한 사진의 색은 좀 바랬고 모서리가 나달거렸지만 그곳에 가 보고 싶다는 바람까지 잠잠해진 건 아니었다. 소정은 종종 그 사막 위, 하늘이 비친 거울 위에 서 있는 상상을 했다. 거기에 있는 자신을 떠올릴 때 가장 평화로워졌다. 그곳은 하늘과 땅의 경계가 지워지는 곳이 아니라 현실과 꿈이 뒤섞이는 곳이라는 점에서 그녀를 매료시켰다. 우유니 사막에 가고 싶다고 얘기하자 진수는 신혼여행 거기로 갈까? 하며 눈을 반짝거렸다.

점심 식사 후 집에 돌아가게 된 인턴들은 이대로 헤어지기 아쉽다며 근처의 카페로 몰려갔다. 소정도 그냥 헤어지는 건 서운했지만 그들과 함께 있는 게 편하거나 즐겁지는 않았다. 같이 일하는 동안 소정의 별명은 짠순이, 왕소금이었다. 기간이 정해져 있긴 해도 제 손으로 돈을 벌게 된 또래의 동료들은 비싼 점심이나 커피를 사 먹는 일에 관대했다. 스트레스 받는데 점심이라도 맛있는 거 먹어야지. 밥 먹고 나서 마시는 커피 맛 진짜 죽이지 않냐? 이 맛에 퇴근할 때까지 버틴다니까. 그들은 자신의 소비에 당당했고 떳떳했다. 소정도 그게 큰 사치라고 생각하진 않았다. 하지만 매일 그 대열에 동참할 순 없어서 가끔은 도시락을 준비했고, 입맛이 촌스러운가 봐, 믹스 커피가 입에 더 맞네, 하며 지출을 조절했다.

비슷한 나이, 비슷한 고민을 가진 데다 같은 사무실에서 근무하게 된 인턴들의 유대감은 남달랐다. 그들은 종종 뭉치기를 원했고 그 모임이 처음엔 일주일에 한 번이었다가 나중엔 이틀에 한 번꼴로 잦아졌다. 젊은 남녀가 모이다 보니 당연하다는 듯 연애의 기운이 피어올랐고 그게 촉매제가 되어 모임은 더 끈끈해졌다. 술자리는 3차까지 이어졌고 술값은 대개 머릿수대로 나누어 냈다. 그에 비하면 점심의 커피는 확실히 가볍고 달달한 고민에 속했다. 소정은 1차에서 적당히 핑계를 대며 빠졌고 그때마다 여자 둘과 남자 둘은 혀 꼬부라진 소리로 짠순이, 왕소금 하며 돈독이 올랐다고 놀려 댔다. 다들 웃으면서 말했지만 그렇게 불리거나 돈 얘기가 나올 때마다 소정은 바늘에 찔리는 것처럼 뜨끔했다. 그래도 신용 불량자로 사는 것보다는 나았으므로 참았다.

가난은 피를 통해 유전될 뿐 아니라 전염병처럼 사방으로도 퍼져 나가는 게 분명했다. 할머니도 이모도 삼촌도 고모도 사촌들도 모두 가난했다. 명절에 만나면 그들은 밥상에 모여 앉아 누가 더 살기 힘든가, 누가 더 불행한가에 대해 오랫동안 입씨름했다. 네가 나한테 그러는 거 아니다, 돈 없으면 형도 아니냐, 병원에 입원해서 누워 있는데 찾아와서 봉투 하나 건네는 사람이 없어요, 진짜 가족도 아니야. 저마다 소리 높여 원망했고 서운함을 드러내며 눈물범벅이 된 뒤에야 헤어졌다. 1년 중 가장 풍성하고 넉넉해야 할 명절은 을씨년스럽게 막을 내렸다. 사정이 그러니 먹고살 만한 친척들은 슬그머니 연락을 끊고 숨어 버렸다. 가난한 피붙이들까지 다 챙기다가는 자신들도 다시 가난의 구덩이에 빠져 허우적거리게 될 게 뻔했다. 소정도 가난한 친척들이라면 지긋지긋했다. 가난한 이모는 가난한 남자를 데려와서 이모부라고 부르라 했고 가난한 삼촌도 마찬가지였다. 그들은 가난하면서 아이들을 많이 낳았고 지겹게 싸웠으며 예정된 순서인 양 뛰쳐나가거나 갈라서서 그마저도 엉망진창으로 만들었다. 소정이 스무 살이 넘자 그들은 돈 많은 남자 만나서 결혼하라는 허무맹랑한 주문을 늘어놓았다. 넌 대학도 나왔고 그만하면 얼굴도 괜찮은 편이잖아. 하지만 소정은 동화의 이야기 전개 방식이나 해피엔딩을 믿지 않았고 동화의 시대가 오래전에 끝났다는 것도 알았다. 돈 많은 남자가 미쳤어요? 나랑 결혼하게? 소정은 순진한 척하는 친척들에게 쏘아붙였다. 평범한 남자를 만나서 남들과 비슷하게 사는 것도 기적 같은 일이었다. 친척들과 함께 있을 때, 가계도의 한복판에서 악몽 같은 명절을 보낼 때마다 소정은 자살에 대해 생각했다. 이 가난한 피의 흐름을 멈추고 발목에 매달린 쇠공을 없애려면 손목을 끊거나 발목을 자르는 수밖에 없을 것 같았다. 애초에 신도림행 막차를 탄 자신의 삶은 아무리 발버둥치고 애써도 그 너머의 목적지에 도달할 수 없다는 걸 뼈저리게 예감했다.

그나마 마음을 열어 보일 수 있는 친구들은 소정과 처지가 비슷하거나 다른 방식으로 삶이 복잡하게 꼬였다. 한 명은 아예 대학 근처에도 못 갔고 다른 한 명은 여전히 학자금을 갚느라 낑낑거렸고, 나머진 신용 불량자가 될 위기에 처했다. 대학을 졸업했거나 못했거나 앞에 펼쳐진 길에는 연무가 잔뜩 껴서 의욕적으로 걸을 수도 어디로 가고 있는지도 가늠하기 어려웠다. 그 속에서 소정과 친구들은 가난이라는 교집합 때문에 가끔 서로를 돌아봤다. 월급이 100만 원인데 씀씀이가 150이라 카드 값에 허덕였고, 얼마 안 되는 월급을 쪼개 쓰며 적금까지 붓느라 쪼들렸고, 백수라서 그마저도 못 벌고 집에 콕 박혀 지내는 패턴의 변주가 반복되었다. 그래도 만나면 미래에 대해 꿈꿨고 삶의 질 같은 걸 고민했다. 이제 만 원짜리 구두는 못 신겠어. 월급은 세 배로 오르지 않았는데 3만 원짜리 구두를 신었고, 그런데도 마음속에는 23만 원짜리 구두를 품고 있어서 만족스럽지 않았다.

2주년 기념일이 됐을 때 진수는 부모님과 같이 저녁 식사를 하는 게 어떻겠느냐고 물었다.

"너 보고 싶어 하셔."

그 말을 듣고 소정은 두 가지 이유 때문에 울고 싶어졌다. 하나는 평소에 진수가 하는 사랑 고백이나 결혼 얘기가 꽤 진지하다는 것에 감격해서였고 다른 하나는 자신이 그 진지함의 관문을 넘지 못할 거라는 두려움 때문이었다. 소정의 표정이 어두워지자 진수는 자신의 부모님이 얼마나 온화하고 좋은 분들인지 얘기하며 소정을 안심시켰다.

"그냥 맛있는 거 사 주시는데 얻어먹는다고 생각하면 돼."

약속 날짜가 다가올수록 소정은 딱 한 번만이라도 좋으니 변신을 도와줄 요정이 나타났으면 좋겠다고 생각했다. 얼마나 간절히 바라야 그들을 부를 수 있는 걸까. 애초에 그런 마법은 주인공을 위해서만 준비된 이벤트라는 걸 알면서도 마지막까지 바람을 포기하지 않았다.

호텔 레스토랑에서 만난 진수 부모님은 생각보다 젊고 미소가 인자했다.

"아빠가 안 계시면 엄마가 많이 힘드시겠네."

"동생은 전공이 뭐예요?"

그분들의 관심과 질문은 먼 데서부터 안으로 천천히 걸어 들어왔다. 어느 부분에서 솔직하고 어디에서 웃고 어떻게 얼버무려야 할지 몰라 소정은 내내 허둥댔다. 스테이크가 나오자 진수 어머니가 나이프를 쥔 소정의 손을 바로잡아 주었다. 목소리가 따뜻하고 손길이 부드러워서 부끄럽다는 기분마저 잊었다.

"진수야, 앞으로는 소정이랑 이런 데 와서 맛있는 것도 먹어. 맨날 햄버거만 먹으러 다니지 말고."

그러자 진수 아버지가 그래라, 하며 그 자리에서 지갑을 꺼내 지폐를 몇 장 건넸다. 예상하지 못한 용돈에 진수는 입이 벌어졌고 소정은 같이 웃으면서도 이상하게 목이 메었다.

그날 집에 돌아간 진수의 부모님이 무슨 얘기를 했는지 모르겠지만 주말에 진수는 소정을 백화점에 데려가서 원피스와 재킷, 가방과 구두를 사 주었다. 예쁘다! 잘 어울려. 소정이 옷을 갈아입고 나올 때마다 진수가 감탄했다. 거울에는 몸과 속옷을 빼고 전부 새 것을 걸친 모습이 비쳤다. 진심이 분명한 얘기를 듣는데도 소정의 마음엔 묘한 불안함이 싹텄다. 이 선물을 어떤 의미로 받아들여야 할지 알 수 없었다. 평소에 갖고 싶던 것을 입고 멨는데도 왠지 어깨가 앞으로 굽었다. 중산층인 진수의 부모님에게 소정의 환경이나 상황은 불우함을 넘어 불길함으로 다가왔을지도 모른다. 부모라면 누구나 아들이 화목하고 넉넉한 가정에서 자란 구김 없는 여자와 맺어지기를 바랄 것이다. 소정도 진수가 모나지 않고 유순한 사람이라 좋았다. 동생처럼 말이 거칠고 툭하면 눈을 부라리는 남자와는 만나고 싶지 않았다. 불안함은 짧은 시간 동안 자라 체념 비슷한 감정으로 굳어졌다.

평소 진수는 사회복지 정책과 소외 계층에 관심이 많았고 비정규직이 당하는 차별에 대해서도 소리 높여 비판했다. 그렇지만 소정의 삶에 겹겹이 드리워진 가난 앞에서는 자주 당황하고 의아해했다. 소정이 또래 여자애들처럼 클럽과 명품에 열광하지 않고 화장기 없는 수수한 차림새로 다니는 걸 좋아하면서도 아르바이트 때문에 데이트 시간을 뺏길 때면 투덜거렸다. 그 애에게 가난은 정형화된 개념이라 개별적이고 다양한 궁핍은 답이 딱 떨어지지 않는 난해한 문제와 같았다. 그래도 소정의 처지를 경멸하거나 한심해하지 않고 같이 고민했다.

"결혼하면 어떤 집에서 살고 싶어?"

그런 걸 물을 때 진수의 표정과 목소리는 따뜻하고 부드러웠다. 과자로 만든 집이라고 말해도 비웃지 않을 것 같았다. 한강이 내려다보이는 아파트에서 사는 게 꿈이라고 대답하자, 그런 것쯤은 아무것도 아니라는 듯 어깨를 으쓱거렸다.

"그게 왜 꿈이야. 나중에 돈 많이 벌어서 우리도 그런 데 살면 되지."

소정은 그런 아파트가 얼마나 비싼데, 라고 대꾸하지 않고 같이 어깨를 으쓱거렸다. 그건 실현 가능성에 대한 동의가 아니라 나중에 우리도 같이, 에 대한 동의였다.

지하철과 버스를 타고 한강을 지나다닐 때마다 소정은 탁 트인 한강의 풍광보다 강변에 즐비하게 늘어선 아파트 단지에 더 눈이 갔다. 그런 아파트에 가 본 건 한 번뿐이고 그들이 아직 거기에 살고 있는지도 알 수 없지만 한강을 지날 때면 열 살 때의 여름이 떠오르곤 했다.

여름방학이었고 먼 친척의 집에 가는 길이었다. 엄마와 소정, 동생이 탄 버스는 한강대교에 천천히 진입했다. 동생과 같이 앉은 엄마는 햇빛이 내리쬐는 창문에 머리를 기댄 채 졸았고 앞자리의 창문이 열려 있어 삐져나온 잔머리가 가볍게 흩날렸다. 그 뒤에 앉은 소정은 창문을 반쯤 연 채 한강을 내려다봤다. 도심 한가운데 왜 바다가 있는지, 이 바다의 시작과 끝은 어디인지, 바라보고 있으면 왜 감탄이 저절로 나오며 마음이 시원해지는지 모르겠지만 불어오던 바람과 강물 위에 부서지는 햇살이 좋아서 이 길이 끝나지 않았으면 좋겠다고 생각했다.

버스에 탄 사람들은 창밖의 풍경에 관심이 없는 듯 표정이 심드렁하거나 꾸벅꾸벅 졸았다. 소정은 흥에 겨워 콧노래를 흥얼거렸다. 하지만 시야에서 한강이 사라지자 슬슬 졸음이 몰려왔다. 소정은 창에 기대 졸다가 버스가 덜컹거리며 급발진하는 순간 눈을 떴다. 엄마가 주위를 두리번거리더니 가방을 챙겨 들었다. 그러고는 소정을 일으켜 세운 뒤 동생을 들쳐 업었다. 정류장에 서서 엄마는 여러 번 접어 꼬깃해진 종이를 한참 동안 들여다본 다음 걸음을 옮겼다. 동생은 잠에 취해 몸을 제대로 가누지 못했고 흐느적거리며 걸었다. 엄마는 아파트 앞 마트에서 몇 번 망설인 끝에 유리병에 든 주스 세트를 샀다. 아파트 단지 안으로 들어갔는데도 집을 찾지 못해 세 사람은 놀이터 앞을 세 번이나 지나갔고 땀을 많이 흘려 등이 동그랗게 젖었다.

엘리베이터를 타고 올라가는 동안 엄마는 소정의 머리를 다시 묶어 주고 옆으로 돌아간 원피스를 바로잡아 주었다. 엄마의 콧잔등엔 땀방울이 송글송글 맺혔고 앞머리는 이마에 찰싹 달라붙어 있었다. 더운데도 이상하게 긴장감이 사라지지 않았다.

"아유 참…… 올 필요 없다니까 왔어."

문을 열어 준 친척 아줌마는 긴소매 카디건을 입고 있었다. 현관에 들어섰을 뿐인데도 집 안을 유영하던 시원한 공기가 뺨에 와 닿았다. 아줌마는 엄마가 내미는 주스를 받으며

"돈도 없다면서 이런 건 뭐 하러 사 왔어." 하곤 혀를 찼다.

엄마와 친척 아줌마가 식탁에서 이야기를 하는 동안 소정은 한강이 한눈에 내려다보이는 베란다 창문에 이마를 대고 서 있었다. 동생은 소파에 앉아 발을 까딱거리다가 소정의 옆으로 와서 같이 강을 내려다봤다. 넓은 거실과 창밖의 한강을 번갈아 보며 소정은 세상에 이런 곳이 있나 싶어서 눈이 휘둥그레졌고 야릇한 슬픔에 빠졌다. 아줌마는 동생에게 우유를, 소정에게는 오렌지 주스를 한 잔 줬다. 엄마의 떨리는 목소리와 더듬거리는 말투를 듣지 않기 위해, 거기에 쏠리는 마음을 잡아 두려고 소정은 눈앞의 풍경에 집중했다.

"집에 가자."

엄마가 손을 잡아 끌 때까지 소정은 베란다에서 한강을 바라보았다. 선선한 실내 공기 때문에 팔뚝엔 소름이 돋았지만 처음으로 남의 집에서 살고 싶다는 생각이 들었다. 그러나 소정아, 라고 부르는 엄마의 목소리엔 힘이 들어갔고 잡아끄는 손은 뜨겁고 끈끈했다.

"그러게. 내가 헛걸음한다고 오지 말라니까. 애들 데리고 이게 무슨 고생이야."

아줌마는 소정과 동생이 베란다 창문에 남긴 손자국을 못마땅하게 쳐다봤다.

엘리베이터에 탄 다음부터 엄마는 계속 눈물을 훔쳐 냈다.

소리 내어 우는 것도 얼굴을 일그러뜨리는 것도 아닌 눈물만 줄줄 흘러내리는 이상한 울음이었다. 그 눈물은 버스 정류장에 도착할 때까지 멈추지 않았다.

엄마가 빈손으로 돌아온 걸 알고 아빠는 돌아앉아 담배만 피웠다. 부엌에 간 엄마는 쌀을 퍼 놓은 채 수도꼭지에서 흘러내리는 물만 하염없이 쳐다봤고 소정은 동생의 손을 잡고 동네 놀이터에 나갔다. 흙먼지가 이는 그네에 올라서서 멀리, 더 멀리까지 가기 위해 무릎을 열심히 움직여 봤지만 주변의 풍경은 변하지 않고 그네는 매번 제자리로 돌아왔다. 미끄럼틀을 몇 번 탄 동생이 집에 가서 만화영화를 보자고 소리를 질러 댔지만 소정은 못 들은 척했다. 영원히 집에 돌아가고 싶지 않았다.

진수와의 결혼을 생각하면 새로운 삶이 시작될 거라는, 그 삶이 자신을 다른 곳으로 데려다 줄 거라는 기대 때문에 설렜다. 그런데 해가 바뀐 뒤로 진수는 부모님이 반대해도 상관없어, 그분들이 널 잘 몰라서 그러는 거야, 라는 말을 자주 했다.

"네가 좋은 회사에 취직하면 우리 엄마 아빠도 마음이 바뀔 텐데. 그렇게 꽉 막힌 분들은 아니시거든. 지금이라도 대기업이나 은행 쪽으로 준비해 보는 게 어때?"

진수가 진심을 담아 하는 말이라는 건 알지만 그 상황에

도달할 수 없고 그 조건을 충족시킬 수도 없어서 마음이 어수선해졌다. 소정이라고 언제까지나 아르바이트를 전전하고 싶은 건 아니었다.

처음 만났을 때 두 사람은 같은 대학, 같은 서클에 속한 동갑내기일 뿐이었다. 속한 단과대학이나 취향, 관심사, 어울려 지내는 친구까지 공통분모가 전혀 없어 한동안은 말뿐인 동기로 지냈다. 신입생 때 소정은 동기들이 모두 좋아하는 서클 선배를 짝사랑했고, 진수 역시 모든 남자들이 반한 퀸카에게 마음을 빼앗겼다. 만화나 영화에서 많은 사람들이 한 장면에 있어도 누가 주인공이고 엑스트라인지 바로 알 수 있듯이 이목구비 없이 줄곧 실루엣으로만 그려지던 두 사람은 비슷한 시기에 실연의 아픔을 맛보며 화면 밖으로 걸어 나왔다. 그때까지도 둘 사이엔 별다른 유대감이나 친분이 싹트지 않았다. 몇 년 뒤 선배의 결혼식 뒤풀이에서 마주 앉게 되면서 4학년인 소정과 복학한 진수는 서로를 거의 새롭게 알게 되었다. 그 모임에서 가까워진 동기 몇이 자주 만나면서 두 사람은 조금씩 서로를 눈여겨보고 마음을 열어 갔다. 그러니까 두 사람은 처음부터 아빠가 안 계시고 엄마는 아프고 집안 형편이 어려워 궁색한 졸업 예정자 신붓감과 부모님도 다 살아 계시고 집안 형편도 넉넉하고 번듯한 회사에 입사할 계획을 가져 좋은 평점을 받게 된 신랑감으로 만난 게 아니었다. 그러나 시간이 흐르고 결혼 적령기에 접어들수록 둘의 연애는 그런 식의 평가에 자주 노출되고 현실적인 문제에 부딪혔다. 그럴 때마다 소정은 아무렇지 않은 듯 반응했으나 덤덤한 척하는 데 한계를 느꼈고 진수는 신경 쓰지 않는다면서도 표정이 복잡해졌다.

죽 그릇을 비우고 탁자를 치운 뒤 소정은 믹스 커피를 한 잔 타서 우편 취급국 뒷문으로 나갔다. 아침부터 꼼짝 않고 앉아 있었더니 가슴이 답답했다. 주택가 담장 옆의 벚나무에는 앙증맞은 꽃송이들이 한들거렸다. 담에 기대서니 등이 따뜻해졌고 그 기운이 몸 전체로 퍼져 나갔다. 소정은 그 아래에 서서 커피를 천천히 마셨다. 햇빛을 받으며 가만히 심호흡을 하고 있으니 봄날의 고양이가 된 기분이었다. 여의도에는 지금 벚꽃 축제가 한창이겠지. 작년에는 진수와 사람이 반, 꽃이 반이던 그 거리를 들뜬 마음으로 걸어 다녔다. 그때 봄은 사랑하기 좋은 계절이었다. 지금보다 앞날에 대한 걱정이 적었고 서로에게 집중했고 감탄할 시간이 많았다. 둘은 벚나무 아래에서 손을 잡은 채 키득거렸고 꽃보다 네가 더 예쁘다고 고백했다. 다시 봄이 되고 꽃이 피었지만 그 웃음과 간지러움은 아직 피어나지 않은 것 같았다.

새 학년 새 학기가 시작되면서 진수는 학점 관리와 취업 준비로 바빠졌다. 전화하면 늘 도서관에 있거나 스터디 중이었다. 저녁에 잠깐 볼까? 하면 오늘은 안 될 것 같다며 미안해했고 하루가 48시간이었으면 좋겠어, 그럼 데이트도 실컷할 텐데, 하면서 쓰게 웃었다. 자신이 아르바이트하느라 바빴을 때 진수도 이런 심정이었겠구나, 싶어 소정은 뒤늦게 미안해졌다. 식은 커피를 마시고 나서 단축 번호 1번을 꾹 눌렀다. 진수의 목소리를 들으며 벚꽃이 예쁘다고, 늦기 전에 같이 보러 가자고 말하고 싶었다. 봄이 와. 봄이 와. 그대와 함께라 좋아라. 화답과도 같은 컬러링이 흘러나왔다.

*

여진은 휴대전화와 미용실 전화기를 번갈아 보며 팔짱을 꼈다. 진동으로 해 두면 못 들을까 봐 벨 소리도 최대로 해 놓았는데 오후 내내 두 대 다 침묵만 지켰다. 손님이 많아 바쁘기라도 하면 신경이 덜 쓰일 텐데, 점심 먹은 뒤로 커트 손님과 염색 손님 한 명씩이 전부였다. 소파에 기대앉은 김 언니는 라디오에서 흘러나오는 노래에 맞춰 고개를 까딱거렸다. 창문으로 쏟아지는 햇빛에 눈이 부신지 이따금 이마를 찌푸렸다.

"꽃 다 지네. 저 꽃들 아까워서 어떡하냐."

길 건너 담장 옆엔 목련이 흐드러지게 피었다. 한껏 벌어진 꽃잎은 어떤 예고나 신호도 없이 불시에 뚝뚝 떨어졌다.

창밖으로 계절과 일기의 변화가 펼쳐지는데도 올해는 봄이 오는지 꽃이 피는지 모르고 지냈다. 문득 내다보면 늦은 눈이 내리고 황사 바람이 불고 봄비가 내렸다. 미용실을 꾸려 나가느라 바쁘기도 했고 마음이 딴 데 가 있기도 했다.

"꽃이 피었으면 지는 게 당연하지. 뭐가 아깝다고 그래."

여진이 중얼거리자 김 언니가 하품을 하며 눈을 흘겼다. 꽃이 예쁘지 않아서가 아니라 오후 내내 여진의 감각은 소리를 향해서만 열려 있었다. 작은 소리에도 그녀는 전화기로 눈을 돌렸다. 가게 되면 전화할게. 그저께 석현은 분명히 그렇게 말했다. 어제 주고받은 메시지에도 내일 가기 전에 전화할게, 라고 찍혀 있었다. 그깟 전화가 뭐라고 기다리나, 무시해 버리고 싶은 마음과 달리 여진을 꼼짝 못하게 만드는 건 '가게 되면'이라는 전제 조건이었다. 가게 되면, 이라고 해 놓고 전화가 없는 건 오늘 오지 않겠다는 뜻인가. 생각이 거기에 미치자 석현을 못 보게 될까 봐 속이 타들어 갔다. 석현이 올 줄 알고 저녁 예약도 안 받았는데. 김 언니는 속도 모르고 잠꼬대처럼 봄 타령, 꽃 타령만 했다. 여진은 창밖과 시계를 번갈아 쳐다봤다. 몇 달 같이 일해 보니 이럴 땐 붙잡아 두는 것보다 인심 한 번 쓰는 게 더 효과적이었다.

"벚꽃 축제가 이번 주까지라니까 가서 꽃구경이나 실컷 하고 오셔. 그 대신 주말엔 알지?"

여진의 말이 끝나기도 전에 김 언니는 어깨를 들썩거리며 소파에서 일어났다.

"우리 조 원장이 센스 하나는 끝내준다니깐."

김 언니는 여기저기 메시지를 돌리고 전화를 받으며 분주하게 퇴근 준비를 했다.

바이바이, 김 언니가 손을 흔들고 나간 미용실에는 명도가 낮아진 햇빛과 적막만 남았다. 여진은 문 앞의 팻말을 CLOSED로 바꾸고 라디오 주파수를 클래식 채널에 맞췄다. 피아노 선율이 나직해서 볼륨을 좀 높였다. 벚꽃이 지고 나면 라일락이 피겠지. 봄이 다시 오지 않을 줄 알았는데. 누군가를 기다리는 일이 다시는 없을 줄 알았는데. 시간이 흐른다는 단순한 사실이 마법처럼 느껴졌다. 여진은 창밖을 내다보다가 뱅쇼를 끓이려고 갖다 놓았던 와인을 꺼냈다. 한 잔을 마시자 오늘 못 보는가 싶어서 안달나던 마음이 살짝 누그러졌고 한 모금 더 마시자 아름다운 건 아름다운 대로, 보고 싶은 마음은 또 그것대로 괜찮지 않은가 싶었다.

두 잔의 와인을 비웠을 때 미용실 문이 열렸다. 석현을 보고 가장 먼저 반응한 건 여진의 입술이었다. 입술은 격정을 감출 수 없다는 듯 양옆으로 활짝 벌어졌다. 안 올 거라고 생각했기 때문에 마음을 감추고 싶다거나 냉정해져야 한다는 계산조차 하지 못했다. 왜 전화 안 했어, 기다렸는데, 따위의 말이나, 전화를 기다리느라 황폐해진 오후, 너덜거리던 마음 같은 건 눈이 마주친 순간 그대로 녹아내렸다. 여진이 소파에서 일어나자 후드 티에 청바지를 입은 석현이 싱긋 웃으며 다가왔다. 잠이 덜 깬 듯 부스스했지만 쫑긋하게 드러난 두 귀와 쭉 뻗은 콧날이 반짝거렸다. 석현은 잔에 남은 와인을 마셨다. "샴푸해 줄까?"라고 묻자 고개를 끄덕이더니 후드 티를 벗었다. 흰 반팔 티셔츠만 걸친 상체가 눈앞에 드러났다. 갓 제대한 몸은 군살 없이 슬림했다. 석현을 볼 때마다 아름답다는 말은 실체에 비해 얼마나 초라하고 비루한가 실감했다. 여진은 당장 그 몸을 끌어안고 싶은 마음을 누르며 샤워기를 틀었다.

손에 닿는 머리통은 동그랗다. 나이가 들어서 정수리가 벗어진다면 삭발을 해도 잘 어울릴 것 같다. 물론 샴푸 거품 속에서도 풍성한 머리칼을 보면 그런 모습은 상상하기 어렵지만 언젠가 이 애에게도 중년의 시간이 들이닥치겠지. 두피 마사지를 하는 동안 석현은 눈을 지그시 감은 채 이따금 발을 까딱거렸다. 그러나 실눈을 떠서 블라우스 사이로 드러나는 여진의 가슴팍을 더듬는 걸 잊지 않았다. 여진은 샤워기로 샴푸를 씻어 내면서 자신의 손가락과 손목을 내려다봤다. 손바닥에서 팔딱거리는 맥박이 느껴졌다. 생생하게 살아 있고 손에 닿는 것에 감격하고 더 많이 느끼게 되기를 열망하고 있었다. 샤워기를 끄고 머리의 물기를 가볍게 짜낸 다음 상체를 일으켜 앉혔다. 수건으로 머리를 감싼 뒤 수고하셨습니다, 라고 하자 석현이 웃으며 여진의 팔을 잡아당겼다.

입술이 닿는 순간 휴대전화가 울리기 시작했고 길게 짧게, 길고 깊게 키스하는 동안 벨 소리가 이어졌다. 영무의 전화였다. 석현은 이제 막 여진의 블라우스 단추를 풀고 브래지어 호크를 열었다. 그러는 동안에도 여진의 목덜미와 가슴팍에 쉴 새 없이 입을 맞췄다. 이렇게 달콤해도, 이렇게 달아올라도 괜찮은가. 여진은 눈을 감으며 고개를 뒤로 젖혔다. 감미로움에 빠져드는 여진과 상관없이 전화벨은 기계적으로 울렸다. 전화기를 꺼 버릴까 하다가 병원에 있는 시어머니 생각이 나서 마음을 바꿨다.

"잠깐만."

여진이 몸을 빼자 석현은 김이 빠진다는 듯 한숨을 내쉬었다. 여진은 블라우스를 대충 여민 채 샴푸실로 들어갔고 통화 버튼을 누르자마자, 왜? 찌르듯 대꾸했다.

"오늘 병원에 좀 올 수 있어?"

병원이란 말에 목소리가 좀 누그러졌지만 짜증을 상쇄시킬 정도는 아니었다.

"위독하신 거야?"

"그런 건 아니고."

"그럼 나중에 통화해. 바빠."

여진은 영무의 대답을 듣지 않고 종료 버튼을 눌렀다. 그리고 서둘러 전원을 껐다. 석현은 이런 일에 아량 있는 편이 아니었다. 소파 베드로 갔더니 벌써 감흥이 식은 듯 휴대전화를 만지작거렸다. 여진은 옆에 앉아 석현의 몸을 끌어안았다. 그러나 석현은 고개를 숙인 채 이제 막 시작한 오락에 빠져 있었다. 여진은 걸치고 있던 블라우스를 벗고 맨몸으로 석현을 휘감았다. 그러자 석현이 몸을 일으키며 여진의 젖꼭지를 깨물었다. 아, 짧은 신음과 함께 몸이 뒤로 젖혀졌다. 석현은 여진의 허리를 두 손으로 끌어안았다. 여진은 드러난 자신의 가슴과 아랫배를 보지 않으려고 눈을 감았다. 온몸으로 그를 끌어안고 더 가 닿고 싶으면서도 탄력 없는 가슴과 늘어진 아랫배가 신경 쓰였다. 아름답지 않은 게 나이 많은 유부녀라는 사실보다 더 큰 결격사유처럼 느껴졌다. 그런 마음과 달리 몸은 석현을 원하고 석현을 만지고 싶어 달아올랐다.

미용실이 밀회의 장소가 될 줄은 몰랐다. 띠동갑 연하의 남자애에게 빠져 정신을 못 차리는 것도 다 남의 일인 줄만 알았다. 인생이 늘 계획한 대로 흘러온 건 아니지만 최근 몇 년처럼 예상하지 못한 곳에서 급물살을 타고 엉뚱한 방향으로 접어든 적도 없었다. 모두가 의아해하는 남자와 연애를 시작했고 무언가에 홀린 것처럼 3개월 만에 결혼했다. 결혼 생활은 단정하고 차분했으나 조미료가 빠진 음식처럼 밍밍했다. 맛이나 온도 같은 건 살면서 얼마든지 맞출 수 있다고 생각하며 버텼지만 화력은 다했고 간을 맞추려고 애쓸수록 음식의 맛은 이상해졌다. 그 3년 동안 여진과 여진의 삶은 많이 달라졌다. 그녀는 10년 넘게 몸담았던 잡지사를 그만두었고 삶의 어떤 부분에 대한 자신감을 완전히 잃었으며 인생을 통제할 수 있을 거라는 믿음도 버리게 되었다. 아무 계획 없이 미용실 원장이 되었고 손님과 밀애에 빠졌다.

처음 '단정한 머리'라는 미용실을 봤을 때는 이름이 촌스럽다는 것 외에 아무 느낌이 없었다. 대학가의 대로변에서 안으로 쑥 들어와 있는 데다 눈에 띄지도 않았다. 주 고객층은 학생들을 상대로 원룸이나 하숙집을 운영하는 여주인과 인근 상가에서 일하는 사람들, 오래된 주택가에 사는 나이 든 여자들이었다. 지나가다 보면 가운 차림에 파마를 만 아줌마, 염색약을 덕지덕지 바른 여자들이 통유리 안쪽의 소파에 앉아 수다를 떨고 있었다.

미용실 이름은 원장의 딸이 지은 거라고 했다. 전체적으로 평범한 동네 미용실이지만 둘러보면 구석구석 신경 써서 가

꾼 티가 났다. 원장은 갑자기 딸애가 사는 부산으로 가게 됐다며 미용실 내놓는 걸 무척 아까워했다.

"지내 보면 알겠지만 여기가 알짜배기거든. 나 여기에서 돈 많이 벌었어."

작은 마트와 안경점, 속옷 가게가 있는 상가 골목의 안쪽에 위치해 있어서 찾기 쉬운 편은 아니지만 같이 일하던 미용사가 계속 있겠다고 하는 걸 보면 임대료나 월급 걱정을 안 해도 된다는 게 빈말은 아닌 것 같았다.

여진은 12월에 미용실을 인수했다. 원래 있던 미용사를 고용하는 조건으로 원장이 쓰던 미용 기구와 약 일체를 양도받았고 바로 내부 리모델링에 착수했다. 바닥에는 테라코타 타일을 깔고 벽은 색만 바꿔 칠하는 거라 기간이 오래 걸리진 않았다. 여진은 소파를 새로 들였고 분위기를 바꾸기 위해 미용실 가운데 커다란 벤자민 나무를 옮겨다 심었다. 천장에 스피커를 설치하고 출입문 옆 벽에 책장을 놓았다. 간판까지 새로 달고 나니 새롭게 시작한다는 기분이 들었다.

석현이 처음 왔을 때 미용실엔 여진 혼자였다. 1월 중순의 오후였고 가습기를 틀어 났는데도 실내가 건조했다. 김 언니는 은행에 볼일이 있다며 잠시 외출한 상태였고 공기 중에 졸음의 입자들이 떠다녀서 여진은 책의 한 문단을 반복해 읽었다. 그래서였을까. 종소리와 함께 미용실에 들어온 남자애의 모습이 비현실적이고 꿈결 같았던 것은. 대학생인 것 같은데 스포츠 스타일에서 길이가 조금 긴 상태였다. 어서 오세요, 라고 인사하면서 여진은 잠을 쫓기 위해 머리를 흔들었고 저런 스타일은 어떻게 손질해야 하나 잠시 고민했다.

"남자 머리 해 주시는 분이 잠깐 외출 중인데 앉아서 기다릴래요? 아니면 나중에 다시 오실래요?"

후드 티에 점퍼를 걸친 남자애는 선뜻 대답을 못하고 뒷머리만 긁적거렸다.

"바쁘지 않으면 커피 한잔하면서 조금만 기다려요."

남자애가 머뭇거리다 소파에 앉는 걸 보고 여진은 그라인더에 커피콩을 넣고 갈았다.

"……미용실이 많이 달라진 것 같아요."

남자애는 두리번거리더니 중앙에 심어 놓은 나무를 유심히 쳐다봤다. 줄기와 잎사귀를 조심스럽게 만져 보더니, 어 진짜네, 하며 신기해했다. 여진은 커피와 비스킷이 담긴 접시를 건넸다.

"주인 바뀐 지 두 달 됐어요. 아, 머리 해 주는 분은 그대로예요."

남자애는 천장과 벽으로 뻗어 나간 나뭇가지와 잎들을 찬찬히 둘러보더니 나무의 이름이 뭔지 물었고, 책장에 꽂혀 있는 책을 눈으로 찬찬히 훑었다.

"어, 노라 존스네. 이 노래 되게 좋아하는데."

키는 멀끔하게 큰데 붙임성이 좋은 것 같았다. 비스킷을 우물거리며 말하는 게 첫인상보다 더 앳돼 보였다.

오후 3시, 햇빛이 서남향의 유리창 쪽으로 기울었고 남자애의 얼굴 옆으로 근사한 그림자가 생겼다. 여진은 커피를 마시면서 그쪽을 힐끔거렸다. 그녀의 마음은 상온에 노출된 아이스트레이처럼 자꾸 녹아내렸다. 잘 자란 조카처럼 예뻐 보인다는 마음은 포장용이고 젊고 풋풋한 남자로 느껴져 당황스럽다는 게 진심이었다. 가슴속에서 물기가 점점이 번져 나갔다. 그런 기분이 너무 오랜만이라 자신의 감정이 아닌 것처럼 낯설었다. 잡지사 기자로 일하는 10년 동안 꽃미남 배우와 아이돌을 만나 인터뷰할 때도 종종 마음이 술렁거리곤 했지만 일에 몰두하거나 시간이 지나 이런저런 인간적인 면이나 단점을 발견하면 평정심을 되찾곤 했다. 속에서 바람이 살랑거리는 걸 느끼며 여진은 공백을 실감했다.

김 언니는 아무래도 은행에 들렀다가 옆길로 샌 것 같았다. 손도 빠르고 머리도 잘 만지고 손님들과 사이도 좋지만 엉덩이가 가벼운 게 흠이었다. 안경점 여자와 속옷 가게에 모여서 오후 간식을 먹으며 수다를 떨고 있겠지. 여진은 시계를 본 뒤 창밖을 내다봤다. 커피를 다 마신 남자애가 책을 뒤적거리고 있었다.

"샴푸해 줄게, 이쪽으로 와요."

여진은 남자애의 몸을 샴푸대에 밀착시킨 뒤 작은 수건으로 눈을 가렸다. 그리고 손 안에서 샤워기의 물 온도를 가늠했다. 샴푸로 머리에 거품을 낸 다음 근육을 이완시키기 위해 목뼈의 좌우를 가볍게 한 번, 세게 한 번씩 눌렀다. 그런 다음 뒤통수 아랫부분을 지그시 누르고 옆으로 이동하며 관자놀이 쪽도 꾹꾹 눌러 마사지했다. 정수리 앞쪽에서 정수리로 방향을 바꾸며 손끝에 힘을 실었다.

자연스럽게 머리를 만지고 목덜미와 귓불을 쓰다듬을 수 있다는 점에서 미용사는 이성에게 다가가기 좋은 직업이다. 그것이 특별한 교감으로 이어지긴 어렵겠지만. 여진이 두피 마사지를 하면 동네 아줌마들은 아이고 시원하다, 하며 좀 더 눌러 달라고 주문했고, 젊은 손님들은 아무 소리도 내지 않거나 가끔 끙 소리를 내며 아픔을 참았다. 남자애의 반응은 특이했다. 그 애의 배에서는 꼬르륵 소리가 났다. 샴푸를 헹궈 내면서 여진은 소리 없이 웃었고 수건 아래 남자애의 귀는 붉은색으로 변했다.

집이 어디냐고 묻자 경기도 쪽인데 학교 때문에 근처에서 자취하고 있다고 했다. 드라이기로 머리를 말려 주면서 "라면 끓일 건데…… 같이 먹을래요?"라고 묻자 덜 마른 뒷머리를 다시 긁적거렸다.

한참 뒤에 나타난 김 언니는 한 손엔 떡볶이와 순대가 든 비닐봉지를, 다른 손엔 지갑을 들고 있었다. 들어오면서부터 은행에 사람이 너무 많다느니, 이렇게 추운 날엔 이런 걸 간식으로 먹어 줘야 한다느니 하며 수선을 떨었다.

"마침 떡볶이가 똑 떨어졌다잖아. 근데 떡볶이가 빠지면 되겠냐? 기다려 줘야지."

한 시간이 넘도록 여진이 문자나 전화도 하지 않은 게 마음에 걸리는 모양이었다. 소파에 앉은 여진이 대꾸 없이 커피만 마시자 김 언니는 눈치를 살피며 안쪽의 주방으로 들어갔다. 접시를 들고 나오며 쿵쿵거리더니 "라면 끓여 먹었어? 조금만 참지." 하며 눈을 흘겼다.

라면을 끓이는 동안 남자애는 저 계란 좋아해요, 하더니 김치도 있어요? 라고 물었다. 뭐라도 더 차려 내고 싶었지만 냉장고 안은 썰렁했다. 국물까지 깨끗하게 비운 남자애의 뺨은 발갛게 상기되었다. 그릇을 내려놓으며 맛있다, 하고 웃는 얼굴이 꽃처럼 예뻤다. 마음이 자꾸 소란스러워지는 걸 여진은 나이 탓으로 돌렸다. 일을 쉰 지 오래되었고 젊은 남자를 만나는 것도 오랜만이었다.

"잘 먹었습니다."

남자애는 일어서서 고개를 꾸벅 숙였다. 더 잡아 두고 싶은데 어떻게 해야 할지 몰라 여진은 마음이 급해졌다.

"시간 괜찮으면, 이쪽으로 와요. 머리 다듬어 줄게요."

남자애는 덜 마른 머리를 쓸어 넘기면서 의자에 앉았다. 가위를 들고 머리를 만지는 동안 남자애와 여진의 모습이 동시에 거울에 비쳤다. 손님들의 머리에 파마를 말거나 드라이를 하면서 가끔 거울 속 자신의 얼굴을 보기도 했지만 사물을 볼 때처럼 아무 감흥이 없었다. 그러나 남자애와 같이 비친 모습은 지워 버리고 싶을 정도로 초라했다. 남자애는 그런 것엔 관심 없다는 듯 머리카락이 짧아지는 자신의 얼굴에 집중했다.

머리를 말리고 스펀지로 목덜미의 머리카락을 털어 낸 뒤 수고하셨습니다, 라고 하자 남자애도 수고하셨어요, 하며 자리에서 일어났다. 여진은 남자애가 건넨 돈을 받아 든 뒤 거스름돈을 내줬다.

"미용사가 자리를 비워서 커트가 별로예요. 다음에 오면 더 잘해 줄게요."

그러자 라면값도 내야 되는데, 하며 남자애가 손사래를 쳤다. 여진은 거스름돈을 남자애의 점퍼 주머니에 집어넣었다.

"괜찮아요. ……지나가다 배고프면 또 들러요."

엉겁결에 그 말을 해 놓고 나서 얼굴이 화끈거렸다. 어쩌자고 그런 말이 튀어나왔는지 왜 들이대며 주책을 부린 건지 후회스러웠지만 주워 담을 수도 없었다. 어색한 분위기를 바꾸려고 여진은 서둘러 고객 카드를 발급했다. 남자애는 새로 디자인한 고객 카드가 신기한 듯 앞뒤로 돌려 봤다. 종소리와 함께 남자애가 나간 뒤 미용실에는 기울어진 햇살과 낯선 정적과 이상한 두근거림만 남았다. 여진은 소파에 앉아 이름을 되뇌어 보았다. 김석현. 남자애에게 잘 어울리는 이름이었다.

9시나 10시쯤 미용실 문을 닫고 혼자 남으면 여진은 블라인드를 친 뒤 실내의 불을 모두 밝혔다. 음악을 크게 틀어 놓고 스파게티나 오므라이스를 만든 다음 냉장고에 있는 술과 함께 늦은 저녁을 해결했다. 대부분 와인과 함께였고 가끔 맥주를 곁들였다. 술이 빠지는 날은 거의 없었다. 밤이 선사하는 나른함과 편안함, 혼자 누리는 고요와 외로움의 시간을 위해 낮 동안 손님들의 머리카락과 냄새나는 약품 속을 지나가는 것 같았다. 간혹 약속이 있어 친구들이나 예전 동료들을 만난 뒤에도 다시 밤의 미용실로 돌아오곤 했다.

20대의 풋풋한 청년이 와서 라면을 먹고 간 일은 연이어 내린 눈이 덮어 버렸다. 새벽에 현관문을 열고 들어가면 영무의 방문 밖으로 코 고는 소리가 희미하게 흘러나왔다. 미용 학원에 들렀다가 미용실에서 연습하고 가겠다고 하면 영무는 귀가가 늦어져도 신경 쓰지 않았다. 서로에 대한 기대감 없이 영향을 주고받지 않을 정도의 거리에 뚝 떨어져 있는 상태는 결혼 10년차쯤 돼야 만들어지는 줄 알았는데 두 사람의 시간은 너무 빨리 흘러 이미 그 지점에 도달해 버렸다. 그들이 하루 종일 주고받는 대화는 열 개의 짤막한 문장을 넘기지 않았다. 밥 먹었어? 언제 들어올 거야? 지금 바빠. 먼저 자. 그래. 알았어. 할 말 없지? 없어. 여진과 영무는 상대가 싫어하는 노래만 들어 있는 주크박스처럼 서로를 위해 노래할 일이 없었다.

미용실은 직장일 뿐만 아니라 삶의 완충지대 역할을 톡톡히 했다. 집 안에 떠도는 무거운 공기, 서로를 향해 방패처럼 세워 둔 완강한 벽을 감지할 때마다 여진은 미용실을 찾았다. 잡지사에서 일했던 10년 동안 다양한 직업군의 사람들을 만나 봤고 다른 직업을 가지면 어떨까, 생각해 봤지만 미용실이 후보에 오른 적은 없었다. 취재나 촬영차 수많은 헤어숍에 가고 헤어 디자이너들을 만나면서도 흥미가 생기지 않았고 완전히 관심 밖의 세상이었다. 그날 정처 없이 걷지 않았다면 이 동네에 오지 않았을 거고 임대 문구도 보지 못했을 것이다. 뭔가에 홀린 듯 문을 밀고 들어가서 내부를 둘러보고 원장과 얘기를 나누는 순간에도 여진은 현실에서 살짝 벗어나 있었다. 자신이 지금 무슨 일을 벌이고 어디에 발을 들이는 건지 현실감이 없었다. 그저 결정적인 순간에 뒤에서 바람이 불어와 등을 떠밀었고 거기에 몸을 맡겼을 뿐이었다. 그날 봤던 게 미용실이 아니라 분식집이나 공인중개업소였다고 해도 여진은 계약서에 도장을 찍었을 것이다. 살다 보면 그런 때가 있다. 가장 신중해야 하는 시기, 문제 앞에서, 이것저것 알아보고 비교해 보고 실패의 확률을 줄이기 위해 애써야 하는데 난데없이 용감해지고 근거 없는 확신에 차 엉뚱한 길로 접어들어 버리는 때. 어떻게 해도 다 괜찮을 것 같고 다른 것은 아무것도 보이지 않고 들리지도 않는 순간. 돌이켜 보면 여진은 그런 쪽으로는 상습범이었다. 진학, 첫 직장, 결혼, 사표 등 인생의 커다란 화살표는 대개 그런 즉흥의 산물과 함께 뻗어 나갔다. 작은 일에는 고민을 거듭하고 조언도 잘 구하면서 큰일 앞에서는 이상하게 대범해졌다. 그런 선택이 위험하다는 걸 알면서도 정신이 드는 건 언제나 상황이 종료된 뒤였다.

다행히 미용실은 인수한 뒤 손님이 꾸준히 늘었고 여진은 미용 기술을 배우는 일에 꽤 재미를 붙였다. '단정한 머리'는 여러모로 훌륭한 도피처가 돼 주었다. 영무에게도 그런 공간이 있는지는 알 수 없었다.

1월이 되면서 눈은 더 자주 내렸다. 아침에 한 번, 점심을 먹은 뒤 한 번, 퇴근할 때 마지막으로 가게 앞의 눈을 치우는 게 일상이 되었다. 어떤 날은 낮에 한가하다가 저녁에 손님이 몰렸고 오후까지 정신없다가 저녁쯤 손님이 뜸해지기도 했다. 눈이 내리는 동안 여진은 조금씩 마음에 여유가 생기는 걸 느꼈다. 유산(流産)과 퇴사 이후 시간이 제법 흐르기도 했고 새로운 일과 육체노동이 활력을 가져다준 면도 있었다. 영무에 대한 감정도 많이 누그러져서 가끔은 감상에 젖거나 애틋한 심정이 되기도 했다. 여진은 그 기분에 빠져 먼저 메시지를 보내기도 했다.

　— 눈이 많이 오네.

　— 날씨 추운데 감기 조심해.

그건 문자 그대로의 내용을 담은 것이기도 했지만 그 너머의 마음을 헤아려 주길 바라는 신호일 때가 더 많았다. 영무는 여진의 메시지에 매번 늦지 않게 답을 보냈다.

　— 퇴근길 조심해.

　— 옷 따뜻하게 입고 다녀.

적절하고도 무난한 대답이었으나 먼저 말을 건네는 사람의 심정에 관심이 있는지는 알기 어려웠다.

낮부터 쏟아지던 눈발이 가늘어지고 소강상태에 접어들 무렵 마지막 손님이 돌아갔다. 퇴근이 한 시간이나 늦어져 김 언니는 입이 튀어나왔고 여진은 좀 출출했다. 영무는 저녁을 먹었을까. 모처럼 둘이 야식을 먹으러 나가도 좋을 것 같았다. 전화를 했지만 영무는 받지 않았다. 미용실을 정리한 뒤 와인을 마시며 저녁 메뉴를 고민하고 있는데 문을 두드리는 소리가 났다. 듣기에 따라서는 잠긴 문이 바람에 덜컹이는 소리 같기도 하고 누군가 조심스럽게 노크하는 것 같기도 했다. 가만히 있자 소리는 더 선명해졌다. 자정에 가까운 시간이었고 찾아올 사람은 없었다. 여진은 몸을 천천히 일으켰다. 만약에 영무라면, 영무가 전화로 답하는 대신 직접 온 거라면, 그래서 진심을 내보이고 허심탄회하게 감정을 토로한다면 앞으로 새로운 날들이 시작되지 않을까 하는 기대가 피어올랐다. 자신이 영무를 기다리고 관계의 변화를 고대했다는 게 의아하면서도 다행스러웠다.

심호흡을 한 뒤 문을 열었을 때 문밖엔 뜻밖의 인물이 서 있었다. 코끝과 귓불이 빨갛게 물든 남자애는 여진을 보자 손에 든 라면 봉지를 흔들며 웃었다. 성냥팔이 소녀처럼 꽁꽁 얼어 있었다. 여진은 한동안 그 모습을 쳐다봤다. 영무가 아니란 걸 확인한 순간 실망과 체념이 천천히 가슴을 관통하며 밑으로 묵직하게 내려앉았다.

여진과 남자애는 문을 사이에 두고 하얀 입김을 쏟아내며 서 있었다. 들어오라고 해야 할지 돌려보내야 할지 고민하는 동안 하나의 문이 소리 내어 닫혔고 다른 문이 조심스럽게 열렸다. 여진은 닫히는 것이나 열리는 것 모두 내버려두었다. 처음 이 미용실의 문을 밀고 들어섰을 때처럼 바람이 등 뒤에서 조용히 몸을 떠미는 게 느껴졌다. 불가항력의 순간이었다. 여진은 남자애가 들어올 수 있도록 옆으로 살짝 비켜섰다.

둘은 음악을 들으며 달걀을 넣은 라면과 맥주를 먹었고 두서없이 이야기를 나눴다. 석현의 얼굴은 금세 발갛게 달아올랐다.

"열쇠는 어디에서 흘렸는지 안 보이고 휴대전화도 꺼졌고 눈은 계속 내리는데 배는 고프고…… 배가 고프니까 그때 먹었던 라면 생각이 나더라고요. 그래서 혹시나 하고 와 봤는데 불빛이 새어 나오잖아요. 그걸 보는데 이상하게 가슴이 뛰었어요."

자신이 어떻게 이곳에 오게 되었는지 털어놓으며 석현은 쑥스럽다는 듯 웃었다. 여진은 가슴이 뛰었다, 는 말에 방점을 찍어야 할지 배가 고프니까, 에 찍는 게 맞을지 혼란스러웠다. 술이 오르자 석현은 수다스러워졌다. 묻지도 않았는데 실패한 첫사랑 얘기를 꺼냈고 그게 자신에게 얼마나 큰 상처가 되었으며 사랑에 대한 인식을 어떻게 바꿔 놓았는지 고백했다. 석현의 얘기를 들으면서 여진은 이렇다 할 첫사랑이 부재하고 불발탄만 남발했던 불우한 청춘에 대해 더듬었다. 열두 살이나 어린 남자애와 마주 앉아 사랑과 인생에 대해 이야기하고 고개를 끄덕거리다니, 이상한 밤이었다.

"저도 이제 먼저 떠나는 사람이 되려고요. 주머니 속까지 털어서 다 보여 주지 않고 머리도 굴리면서 만날 거예요."

입술을 꼭 깨무는 모습이 귀여워 여진은 피식 웃었다. 사랑에 빠지면 그런 걸 판단할 수 있을까. 상대가 애틋해서 주머니를 다 뒤져 뭐라도 내어주고 싶은 게, 머리가 작동을 멈춰 버리는 게 사랑 아닐까. 그런 말을 하려다가 말았다. 그래도 눈 내리는 겨울밤, 사랑에 대해 이야기하고 사랑에 대해 생각하자니 가슴이 뜨거워졌다. 술기운 탓인지 몸이 허공에 살짝 떠 있는 것처럼 아득했다. 사춘기 이후로 늘 진정한 사랑을 꿈꾸고 사랑에 빠지기를 갈망하며 열심히 달려왔는데 사랑은 늘 그녀의 영역 밖에서 빛났다. 지금껏 단 한 번도 가슴이 벅차오르는, 존재가 터질 것 같은 사랑을 해 본 적이 없었다. 거울에 선명하게 비치던 목주름이 떠오르자 조바심이 취기처럼 올라왔다. 서른여덟 살이 되도록 사랑이 아니라 사랑의 흉내만 내며 살아왔다는 걸 깨닫게 되면 사랑 앞에서는 어떤 식으로든 내면의 온도가 달라질 수밖에 없다. 그게 술기운 때문이든 분위기 탓이든.

석현이 술을 사러 편의점에 간 동안 여진은 턱을 괸 채 창밖을 내다보았다. 창문에 비친 그녀의 얼굴 위로 거리의 모습이 어룽거렸다. 누군가와 마주 앉아 내밀한 감정에 대해 얘기를 나누는 게 얼마 만인가 싶었다. 삶이 이대로 이어진다면 여진의 앞에는 두 개의 길만 남을 것 같았다. 알코올 의존도가 높은 미용실 원장이 되어 영원히 이 열다섯 평 남짓한 공간에 처박혀 살거나, 그마저도 말아먹고 몇 달 전의 무기력한 상태로 돌아가 시간이 얼른 흘러가기만 바라며 살든가. 스피커에서는 빌리 홀리데이의 「I'm a fool to want you」가 흘러나왔다. 여진은 몇 소절 따라서 흥얼거렸다. 바보가 되지 않고서는 자신을 던져 가며 사랑에 빠질 수 없겠지. 곡이 끝날 때쯤 비닐봉지를 든 석현이 밖에서 창문을 두드렸다.

"나와 봐요."

그사이에 눈이 꽤 많이 쌓여 가로등 아래 드러난 세상은 온통 하얗게 반짝거렸다. 석현은 아무도 밟지 않은 눈 위를 이리저리 뛰어다녔고 여진이 눈을 밟으며 조심스럽게 다가가자 손을 내밀었다. 여진은 망설이다가 그 손을 잡았다. 크고 따뜻한 손이었다. 석현은 잡은 손을 점퍼 주머니에 넣었다. 두 사람은 손을 잡은 채 미용실 주변을 천천히 걸었다. 네 개의 어지러운 발자국이 뒤를 따라왔다. 손을 잡으면 혼란이 사라지고 덤덤해질 줄 알았는데 남자의 손을 처음 잡은 것처럼 모든 감각이 손으로 쏠렸다. 손 때문인지 취기 때문인지 추위가 느껴지지 않았다.

그 밤 제시간에 미용실 문을 닫았더라면 석현을 만나지 못했을 것이다. 손을 잡고 눈 내린 거리를 걷지 않았더라면 그렇게 빨리 몸과 마음을 열지 않았을 것이다. 석현을 끌어안는 순간, 석현이 성급하게 입을 맞추고 옷을 벗기는 순간 그녀는 불안과 매혹, 안도가 뒤섞인 한숨을 내쉬었다. 어쩌면 그날 문을 두드린 사람이 석현이나 영무가 아니라 동창이나 옛 직장 동료였다 해도 여진은 흔들렸을 것이다. 눈 내리는 겨울밤이었고 그녀는 배가 고프고 충분히 외로웠으니까. 텅 빈 미용실에서 지내는 동안 자신도 모르게 사랑에 빠지기를 기다리고, 사랑에 빠질 준비가 돼 있었으니까.

그 밤 이후로 석현은 종종 미용실 문을 노크했고 여진은 바람 소리만 들려도 문밖을 내다보곤 했다. 그건 부재를 확인하는 절차였으나 실망보다 기다림에 가닿았다. 누군가를 기다리고 그 기다림 때문에 가슴이 다시 뜨거워질 수 있다는 게 거짓말 같았다.

영무를 처음 만난 건 3년 전이었다. 인기 직업에 대해 소개하는 특집 기사를 기획 중이었다. 여대생과 취업 준비생들을 위해 다양한 직업과 그 분야에서 성공한 사람들을 소개하는 코너였는데, 우편 취급국이 처음부터 후보에 오른 건 아니었다. 회의 중에 다른 매체에서 다루지 않은 신선한 직업을 찾아보자는 의견이 나왔고 누군가 우체국을 추천해서 뒤늦게 포함되었다. 취재를 나가려고 날짜와 시간을 조율하던 중에 우체국 직원이 인터뷰할 사람으로 인근의 취급국 국장을 소개해 주었다. 그래서 사진은 우체국에서 찍고 인터뷰는 취급국 국장인 영무와 하기로 결정했다.

취급국은 우체국과 달리 손님이 적고 분위기가 한산했다. 영무는 이런 인터뷰가 처음이라면서도 긴장하거나 잘하려는 기색 없이 침착했다. 그는 단출하고 조용한 사무실 내부와 잘 어울렸다. 느린 말투와 저음의 목소리는 사람을 묘하게 집중시켰다. 그가 우편물을 접수하고 확인증을 건네고 분류하는 모습은 일종의 제의처럼 보일 만큼 경건한 데가 있었다.

그날 여진은 각기 다른 직업에 종사하는 세 사람을 만나 인터뷰한 뒤 사무실로 복귀했다. 텅 빈 사무실 책상에 앉아 휘갈겨 쓴 메모를 정리하면서 다음 날 취재 나갈 곳을 확인했다. 그런데 이상하게 영무가 자꾸 신경 쓰였다. 그런 감정이 생긴 건 몇 년 만이었다. 기자 초년생 때는 아무에게나 곧잘 감정이 부풀어 곤란을 겪었지만 점차 일과 감정을 분리하는 데 능숙해졌다. 인터뷰하는 동안 호감이 생겨도 일상으로 돌아오면 일방적이고 일시적인 호감은 서서히 가라앉곤 했다. 여진은 감정이 안정되길 기다리며 뜨겁고 진한 커피를 내려 마셨다. 그 남자의 어떤 면이 자신을 건드리는지 콕 집어 말하기는 어려웠다. 대충 어떤 사람이라는 그림이 그려지면 이런 부분이 자신과 맞지 않을 거라고 예상할 수 있을 텐데 그 남자에 대해선 잘 모르겠다는 것, 그래서 좀 더 알고 싶다는 생각이 지배적이었다. 궁금함도 호감의 한 갈래라는 걸 알았지만, 앞으로 어떻게 대처할 것인가가 문제였다. 여진은 커피

잔을 비운 뒤 남자의 명함을 찾아 메시지를 보냈다. 오늘 인터뷰에 응해 주셔서 감사하다, 궁금한 게 있는데 시간을 더 내 주실 수 있겠느냐는 내용을 담았다. 그렇게 하시죠. 남자의 답은 여진이 플레이시킨 노래가 클라이맥스에 다다랐을 때쯤 도착했다. 마음을 접을 만큼 길지도, 경망스럽다고 생각될 정도로 짧지도 않은 시간이 흐른 뒤였다.

한 시간쯤 지나 두 사람은 여진의 사무실 근처에서 만났고 차와 식사 중에 고민하다 사케를 마시러 갔다. 반팔 티셔츠를 입은 남자는 낮에 취급국에서 만났을 때보다 젊어 보였지만 차분해 보이는 건 여전했다. 여진은 비로소 맞은편의 남자를 차근차근 살펴봤다. 중키에 전체적으로 말랐고 가는 직모의 헤어스타일, 희고 갸름한 얼굴에 검은 금속 테 안경을 쓴 외꺼풀 눈, 입술은 얇고 길어서 인상이 전체적으로 여성스러웠다. 콧날이 오뚝해서 균형이 잘 잡혔고 가늘고 긴 손가락은 까다롭고 예민한 사람이라는 느낌을 줬다. 그에 비하면 여진은 가무잡잡한 얼굴에 눈이 크고 입술이 도톰했다. 화려한 패턴의 블라우스에 커다란 귀고리를 하고 여러 개의 팔찌를 짤랑거리며 수선을 떨었다. 영무는 조용히 술잔을 비웠고 안주엔 거의 손대지 않았다. 허리를 꼿꼿이 세운 바른 자세였고 저음의 목소리로 천천히 말했다. 그걸 놓치지 않기 위해 여진은 테이블에 바짝 다가앉았고 영무 쪽으로 몸을 기울였다. 그는 미혼이고 홀어머니와 같이 살며 우편 취급국에서 일한 지는 5년이 넘었다고 했다. 잘 보이고 싶은 마음 같은 건 전혀 없는 듯 자신을 포장하지 않았고 내내 시니컬했다. 여진은 그가 자신을 꾸미지 않는다는 게 마음에 들었다. 잡지사에서 일하며 만나는 사람들은 '척'하거나 부풀리는 게 일상이었다. 영무의 솔직함이 좋아서 여진은 술을 많이 마셨고 그 때문에 말이 빨라지고 목소리가 높아졌다.

"요즘 세상 돌아가는 꼴이 너무 웃기지 않아요? 아니 엿 같은 건가? 뉴스를 보면 정의나 양심은 멸종된 것 같아요……."

영무는 종횡무진 두서없이 옮겨 다니는 여진의 얘기를 차분하게 들어줬고 이따금 고개를 끄덕거렸다. 여진은 그가 자신과 완전히 다른 부류의 사람이라는 점에 대책 없이 끌렸다. 영무는 결혼이나 가정을 꾸리는 일에 관심이 없다고 했고 여진도 수긍했지만 집으로 오는 택시 안에서 자신도 모르게 결혼에 대해 생각해 봤다. 그래서 헤어질 때까지 남자가 한 번도 웃지 않았다는 건 깨닫지 못했다.

서른일곱, 서른다섯 살의 남녀는 3개월 동안 거의 매일 만났지만 사랑 고백 같은 건 하지 않았다. 여진이 사랑한다는 말 대신 결혼 얘기를 꺼냈을 때 영무는 가볍게 한숨을 쉰 뒤 술잔을 비웠다. 일주일 뒤 한 번 더 결혼에 대해 얘기하자 영무는 이제 그만 만나자고 했고 여진은 그럴 수 없다고 버티며 폭음했다. 영무가 억지로 집에 보내려 하자 그녀는 필름이 끊어질 때까지 마셨다. 다음 날 아침 여진이 눈을 뜬 곳은 회사 근처의 모텔이었다. 전날 입은 옷 그대로였고 영무는 옆에 없었다. 대신 화장대 거울에 포스트잇이 붙어 있었다. 해장국 챙겨 먹어요. 야속하다는 생각보다 이상한 오기가 발동했다. 마지막이라는 심정으로 결혼하자고, 같이 살자고 조르자 영무가 어쩔 수 없다는 듯 고개를 끄덕거렸다.

여진은 그 무렵의 자신을 이해하기 어려웠다. 낯선 타입의 남자에게 끌려 몇 달 만날 수는 있어도 결혼으로 직행하는 건 너무 경솔하고 성급하지 않은가. 상대가 그렇게 밀어내는데 불도저처럼 돌진할 에너지가 어디에서 나온 걸까. 사랑에 대한 확신도 소통도 없는데 무슨 생각으로 인생을 함께 꾸려 나가겠다며 결혼에 투신한 건지. 결혼과 영무에 대해 돌이켜 볼 때마다 여진은 그때의 자신을, 그 상황에서 앞으로 나아갔던 자신을 이해할 수 없었다. 뭔가에 홀렸다고 표현할 수밖에 없었다. 둘 사이엔 달콤한 사랑의 말도, 주고받은 선물도, 가슴 졸이는 기다림이나 만남의 벅찬 감격도 없었다. 그들의 데이트라는 건 그저 여진이 영무를 불러내 밤이 깊도록 술을 마시는 것뿐이었다. 결혼 얘기가 오간 뒤에도 사랑 고백이나 커플링을 나눠 끼는 일 같은 건 하지 않았다. 시간을 돌릴 수 있다면 여진은 잘못된 길로 들어서는 자신을 불러 세우고 싶었다.

청첩장을 건네자 결혼 10년차에 접어든 대학 선배는 축하와 함께 걱정 어린 표정을 지었다. 많은 사람들의 부러움을 받으며 결혼했던 그녀의 눈가에도 굵은 주름이 두어 줄 잡혀 있었다. 우리 오랜만에 보는 거 맞죠? 라고 운을 띄우자 선배는 연락이 없었던 몇 년 동안의 생활에 대해 담담하게 털어놓았다. 남편이 사업에 실패한 뒤로 삶 자체가 흔들릴 만큼 어려움을 겪었다고 했다.

"그런 일이 있었는 줄 몰랐는데, 선배 힘들었겠다."

안타까움을 전하면서도 여진은 역경을 견뎌 낸 무용담을 길게 듣고 싶진 않았다.

"힘들었지. 도망가고 싶을 때도 많았고. 다시는 겪고 싶지 않지만…… 지나고 나니까 우리 부부나 가족에게 꼭 필요한 과정이었다는 생각이 들어."

설렘, 호감이 사랑으로 발전한 뒤 그 사랑이 둘 사이에서 진정한 신뢰와 애정으로 안착하기 위해서는 부부가 힘을 합쳐 고난이나 시련을 통과해 볼 필요가 있다고 했다.

"그때 그 사랑이 진짜인지 포즈인지 알 수 있는 것 같아. 연애 기간에 그런 일이 일어날 수도 있고 결혼 후가 될 수도 있겠지. 문제를 만났을 때 손을 꼭 잡고 지나갈 수 있어야 되는데 그게 쉽지 않더라."

선배는 부유한 집에서 공주처럼 자랐고 잘나가는 남편을 만나 어려움 없이 살아갈 거라고 생각했는데 인생이 예상대로만 흘러가는 건 아닌 모양이었다.

물론 그런 종류의 얘기를 처음 듣는 건 아니었다. 나락에 떨어졌다 재기에 성공한 영화배우, 어마어마한 빚을 져서 가성이 파탄 위기에 놓였다가 회복한 가수. 스타들을 인터뷰할 때면 아무래도 평범한 스토리보다는 인생의 파고에 집중하게 마련이었다. 실패와 관련된 질문을 던질 때마다 그들은 머뭇거리다가 배우자나 연인에 대한 애정을 드러냈다. 살면서 두고두고 갚아야죠. 그들 사이의 의리나 동지애에 깊이 공감했지만 여진은 그 스토리를, 잘 찍은 풍경 사진처럼 바라볼 뿐 그 길을 걸을 생각은 없었다. 그녀는 역경이 선사하는 성숙에 대해 회의적이었다. 영무와의 결혼 생활에도 큰 기대가 없었다. 퇴근 후 그들이 함께했던 술자리가 그랬던 것처럼 결혼해서 같이 사는 것도 하루의 시름을 씻어 주고 그다음 날 일할 힘을 실어 주는 정도의 위로만 된다면 충분하다고 생각했다.

그러나 결혼 후 여진이 바짝 다가앉거나 소리 높여 떠들지 않고 술에 취해 끌어안지 않자 둘 사이에는 미묘한 냉기가 흐르기 시작했다. 영무는 손을 잡거나 팔짱을 끼면 뿌리치지는 않았으나 먼저 말을 걸거나 손잡거나 어깨를 감싸 안는 법이 없었다. 그는 묻는 말에만 대답했고 집에서는 사춘기 소년처럼 자신의 방에만 틀어박혀 있었다.

정시에 퇴근하는 영무와 달리 여진은 퇴근이 들쭉날쭉하고 야근이 잦았다. 밤에 현관문을 열고 들어가면 집 안은 깨끗하고 고요했다. 나 왔어. 방문을 열면 영무는 저녁 안 먹었으면 챙겨 먹어, 냉장고에 반찬 있어, 하고는 보던 책이나 모니터로 눈을 돌렸다. 두세 시간 보온 상태에 있던 밥을 푸고 국이나 찌개를 데우고 밑반찬을 꺼내 놓으면 그럭저럭 저녁 식탁의 풍경이 만들어졌으나 입맛은 홀쩍 달아났다. 늦은 밤 혼자서 밥을 먹기 위해 결혼을 한 건가 싶어 울적함이 밀려왔다. 한 숟갈도 뜨지 않은 채 멀거니 내려다보다가 그대로 치워 버리길 반복한 뒤 저녁은 사무실에서 해결하거나 퇴근길에 김밥이나 샌드위치, 샐러드 따위를 포장해 오는 것으로 대신했다. 식탁을 차리지 않고 텔레비전 앞에서 포장을 벗겨 우물대는 쪽이 혼자만의 식사에 더 어울렸다.

오늘 밖에서 무슨 일이 있었는지, 점심은 뭘 먹었고 누굴 만났고 기분은 어땠는지, 영무는 궁금해하는 법이 없었다. 여진이 물어봐도 대답은 늘 비슷했다. 별일 없었어. 매일 똑같지. 그건 더 이상 할 말이 없으니 아무것도 묻지 말라는 표현 같았다. 텔레비전 앞에 앉아 샐러드나 주먹밥을 먹다 보면 결혼 전에 선배가 했던 조언이 떠올랐다. 차라리 풍랑을 만난다면, 경제적 어려움에 부딪힌다면, 그래서 같이 손을 잡고 걸을 수 있다면 혼자서 이 모래바람 가운데 서 있는 것보다는 나을 것 같았다. 각자의 방에서 저녁과 밤의 시간을 보낸 뒤 침대에 누워 어둠 속에서 눈을 깜박이다 보면 뭐가 문제인가, 결혼 생활이 왜 이런가, 회의가 밀려왔다. 살면서 겪었거나 겪지 못했던 온갖 종류의 고독이 곁에 와서 누웠다. 그러나 변했다거나 결혼 전과 다르다고 불평할 수는 없었다. 엄밀히 말하면 변한 건 영무가 아니라 여진이었다. 예전의 그녀는 지치거나 회의하지 않은 채 영무에게 다가갔지만 어느새 열정의 고무줄은 탄력을 잃었고 자존심은 타격을 입었다. 당연히 둘 사이의 거리는 더 멀어졌다.

"먼저 다가와 주면 안 돼?"

첫 결혼기념일에 여진은 술에 취해 불만을 쏟아 냈다. 식탁 위에는 꽃다발 하나 없었다. 퇴근길에 와인과 케이크를 사 온 것도 여진이었다.

"미안해. 내가 좀 그렇잖아."

"그런 무책임한 말이 어디 있어? 노력을 해야지."

여진이 쏘아붙이자 영무가 한숨을 푹 내쉬었다.

"미안해."

그날의 대화는 그걸로 끝이었다. 그의 미안해, 는 반성과 개선의 의미를 담은 사과가 아니라 몸을 숨기고 도망가기 위한 바리게이트일 뿐이었다. 일부러 그러는 게 아니라 혼자만의 삶에 익숙해서 옆을 돌아볼 줄 모른다는 건 알지만 그 말은 같이 사는 사람을 외롭고 무기력하게 만들었다.

여진은 기대를 접고 기다림을 멈추고 관심을 다른 데 돌리기로 했다. 결혼기념일 다음 날 타투 하는 곳을 찾아갔고 오른쪽 발등에 작은 날개 한 쌍을 새겼다. 바늘이 발등 위를 지나가는 동안 여진은 창밖을 내다봤다. 마취 크림을 몇 번이나 덧발랐는데도 바늘로 찌르는 고통은 미세하게 온몸으로 퍼져 나갔다. 주변의 살갗이 붉게 부풀어 올라 날개가 생살을 찢고 돋아난 것처럼 보였다. 날개를 새기고 나자 갑갑증이 조금 사라졌다. 그 뒤로 여진은 답답할 때마다 몸 구석구석에 작은 무늬들을 새겨 넣고 싶은 충동에 시달렸다. 2주년 기념일에는 시내에 나가 머리를 자른 뒤 마사지를 받았고 영화를 본 다음 왼쪽 손목에 별을 새겼다. 1년의 시간이 지나간 것과 아기가 떠난 것을 기억해 두기 위해서였다.

3년이면 오래 버틴 셈이었다. 더 끌고 간다 해도 회복되거나 좋아질 가능성은 없었다. 상처나 더 주고받겠지. 영무와는 하루에 한 번 아침이나 저녁에 식사를 같이 하거나, 주말에 가까운 곳에 나가 외식을 하는 걸로 부부 관계를 겨우 유지했다. 각방을 쓴 지 1년이 넘었고 어쩌다 식탁에서 손끝이 닿거나 욕실 앞에서 부딪치면 예의를 지키며 점잖게 물러났다. 두 사람은 사는 데 꼭 필요한 말이나 행동이 아니면 어떤 것도 나누지 않았다. 부부였는데, 한때 같은 침대에서 잠들고 눈뜨고, 여진이 더 적극적이긴 했지만 끌어안고 입 맞추고 섹스하고 세상에서 가장 가까운 사람으로 지냈는데 어느 순간부터 자연스럽게 남처럼 지낼 수 있다는 게, 그러면서도 여전히 결혼이라는 틀 안에 담겨 한집에 산다는 게 불가사의했다. 영무는 삶의 구역이 나뉘고 살가움과 살 부빔이 사라지고 말장난과 언쟁마저 사라진 삶에 불만이 없는 듯 보였다. 그는 잘 다려져 늘 같은 자리에 걸려 있는 셔츠 같았다. 가까워졌다 뜨거워졌다 변덕스럽게 몸의 거리와 마음의 온도를 바꾸는 건 여진 혼자뿐이었다. 겨우 몇 번 만난 띠동갑 연하의 남자애에게 속수무책으로 빠져드는 자신이 의아하고 그런 식의 연애 패턴에서 벗어나고 싶다고 생각하면서도 여진은 자신을 내버려두었다. 이 역시 사랑이 아니라 사랑의 흉내, 지금껏 반복해 온 설렘과 호감의 표출에 지나지 않는다 해도 무미건조하게 살고 싶지는 않았다.

가끔은 미용실이 낯설게 느껴졌다. 여기에서 뭐 하고 있는 건가 싶은 순간이 불쑥 찾아왔다. 김 언니는 단골들의 머리를 만지며 안부를 묻고 근황과 가정사에 대해 이야기를 나누는 게 자연스러워 보였다. 그녀에게는 이 일이 인생의 보편적인 풍경, 생활의 일부인 것 같았다. 그러나 여진은 이곳이 방학 때 잠시 지내러 온 할머니 집이나 머물다 떠날 자취방 같은 기분이 들 때가 많았다. 잡지사에서 일할 때는 느껴 보지 못한 낯섦이었다. 어떤 때는 영무와 부딪치는 것을 피하고 석현과 만나기 위해 미용실을 운영하는 게 아닌가 싶기도 했다. 그러면 제대로 살고 있지 못하다는 자책감이 밀려왔고 뜨내기나 협잡꾼이 된 것 같았다.

이혼 얘기는 영무보다 시어머니에게 꺼내기가 더 어려웠다. 시어머니가 병실에서 자신을 끌어안고 오열할 때 잠시나마 시한부 판정을 받고 죽어 가는 것이 자신이었으면 좋겠다고 생각했다. 노인 대학과 문화센터에 등록했다며 멋지게 살고 싶다는 얘기를 꺼낸 게 몇 달 전인데 살날이 얼마 남지 않았다는 게 믿어지지 않았다. 시어머니는 처음부터 여진의 편이었고 기다리던 손자가 유산되었을 때도 애는 또 생길 수 있다, 둘이 마음만 맞으면 괜찮아, 라고 위로해 주었다. 그래서 결혼 생활이 실패로 끝나게 됐다는 얘기를 전하기가 더 죄송스러웠다. 이혼을 비밀로 하자는 영무의 의견에 전적으로 동의한 것도 그 때문이었다. 병실에서 눈물을 펑펑 쏟고 난 뒤 시어머니는 사는 게 별거 아니더라, 하고 싶은 거 다 하면서 살아, 하며 여진의 손을 꼭 잡았다가 놓았다. 그게 영무를 포기하라거나 바람을 피우라는 얘기일 리 없지만 여진은 그 말에 힘을 얻어 하고 싶은 일 앞에서 머뭇거리지 않고 마음이 움직이는 대로 살기로 결심했다. 문밖의 노크 소리에 응답하는 것, 그리고 그 사람과 같이 보내는 시간을 생의 마지막 순간인 것처럼 충만하게 즐기는 것, 손가락질을 받더라도 사랑 없이 건조하고 퍽퍽하게 사는 것보다 뜨겁고 충만하게 사는 것, 그게 지금 여진이 바라는 삶의 방식이었다.

병원에서 돌아온 뒤 시트 밖으로 드러난 시어머니의 맨발이 종종 떠올랐다. 매니큐어를 칠하지 않은 발을 보는 건 처음이었다. 굳은살을 제거하지 않아 허옇게 일어난 뒤꿈치와 메마른 발등, 윤기 없는 발톱이 병의 위중함을 고스란히 드러내는 것 같았다. 그 발이 언제 다시 땅을 디디고 걷게 될지 기약할 수 없다는 것도 슬펐다. 여진은 시어머니의 발등에도 날개를 한 쌍 그려 넣고 싶었다.

2부

엄마의 왼발은 시트 밖으로 삐죽 나와 있다. 시트를 덮어 줘도 한참 뒤에 보면 맨발이 다시 드러났다. 예전에 서서 일할 때는 퉁퉁하게 부어 있었으나 이제는 고목처럼 말라비틀어진 225밀리미터의 발. 그 작은 발이 엄마를 지탱하고 영무를 먹여 살렸다.

영무가 기억하는 인생의 1기는 열 살이 되던 봄날 오후에 막을 내렸다. 그날 오전반 수업을 마치고 집에 돌아오는 영무의 발걸음은 가벼웠다. 가방 안에는 교내 수학 경시대회와 한문 시험 상장이 들어 있었다. 영무는 상장이 구겨질까 봐 공책 사이에 끼워 두었고 가방 안에서 공책이 덜컹이지 않게 조심하며 걸었다. 다세대 주택의 대문을 열고 들어선 뒤에야 신이 나서 경중거리며 뛰었다. 현관문 손잡이를 잡아당긴 뒤 엄마, 하며 소리를 질렀고 신발을 벗고 거실에 들어선 다음 다시 엄마를 불렀다. 문은 열려 있는데 엄마는 대답이 없고 집 안은 조용했다. 영무는 화장실 문을 열어 본 뒤 안방 문을 열었다.

정오 무렵의 안방에는 환하다 못해 노랗게 응축된 햇빛이 쏟아져 내렸다. 바닥에 누워 있는 건 엄마가 아니라 아빠였다. 그는 아침에 출근한 차림 그대로 바닥에 엎드려 있었다. 무언가를 잡으려는 듯 오른손을 앞으로 쭉 뻗었고 머리맡엔 물컵과 작은 약병이 놓여 있었다. 햇빛 때문에 아빠의 몸 옆으로 그림자가 짙게 드리워졌다. 엄마는 어디에 가고 아빠가 여기에 누워 있는지 모르겠지만 이게 일상적인 풍경이 아니라는 건 알아챌 수 있었다. 영무는 손끝으로 조심스럽게 아빠의 몸을 흔들었다. 아빠는 물건처럼 영무가 힘주어 미는 대로 이리저리 흔들렸다. 그때마다 낯설고 비릿한 냄새가 천천히 번졌다. 뭔가 무서운 일이 벌어진 게 분명하지만 소리를 질러선 안 된다는 걸 본능적으로 알았다. 가방에 상장이 들어 있다는 사실 같은 건 까맣게 잊었다.

그다음 기억은 엄마와 동네 아줌마들이 모여 있던 장면에서부터 시작된다. 얼마의 시간이 지났는지 모르겠지만 누워 있는 아빠 위에는 담요가 덮여 있었고 엄마는 등 뒤에 붙어 있는 영무에게 1000원짜리를 쥐어 주며 나가서 놀라고 했다.

"너무 멀리 가지 말고…… 엄마가 부르기 전에 들어오면 안 돼, 알았지?"

엄마의 무릎 옆엔 눈물과 콧물을 닦은 휴지가 잔뜩 쌓여 있고 눈에선 눈물이 계속 흘러내렸다. 영무는 상장 생각이 났지만 책가방을 방구석으로 밀어 놓았다. 한쪽 주머니엔 엄마가 준 1000원이, 다른 쪽 주머니에는 아빠의 머리맡에 있던 약병이 들어 있었다. 영무는 지폐와 플라스틱 병을 만지작거리며 동네를 배회했다.

장례가 끝난 다음 엄마가 제일 먼저 한 일은 이사였다. 짐을 챙기다가 뒤늦게 경시대회 상장을 본 엄마는 영무의 머리를 쓰다듬은 다음 꼭 안아 주었다. 영무는 차렷 자세로 가만히 있었고 엄마는 영무를 끌어안은 채 한참 동안 서럽게 울었다. 영무의 티셔츠 앞섶이 푹 젖은 뒤에야 엄마는 울음을 그쳤다. 영무의 기억에 그건 그들의 마지막 포옹이었다.

안방에 있던 장롱과 아버지의 앉은뱅이책상, 책을 버리고 나니 이삿짐은 단출했다. 아버지가 사용하던 물건들은 물론, 아버지와 관련된 것들도 대부분 버리고 떠났다. 영무는 마음속으로 아빠라는 호칭을 버렸고 책상 서랍에 숨겨 두었던 약병을 주머니 깊숙이 넣었다. 엄마와 영무는 야반도주라도 하듯 푸르스름한 새벽녘에 용달차에 올라탔다. 차가 골목을 빠저나와 대로에 들어설 때 엄마는 고개를 돌려 살던 곳을 쳐다봤지만 울지는 않았다.

낯선 곳으로 이사한 뒤 영무는 말수가 더 줄었다. 새 친구를 사귀는 건 쉽지 않았고 재미있는 일이 하나도 없었다. 영무는 가끔씩 서랍 깊숙한 곳에 숨겨 둔 약병을 꺼내 보았다. 설탕처럼 보이는 그 가루가 사이안화칼륨, 청산가리라는 건 진즉에 알고 있었다. 장례식장에서 술을 마시던 어른들이 얼굴을 구긴 채 청산가리에 대해 떠들어 댔다. 그들의 목소리는 크고 거칠었지만 아무도 저지하지 않았다. 왜 그랬대? 어쩌다 그걸 먹은 거야? 뭐가 그렇게 힘들다고. 가족 생각을 해야지. 누구 신 나서 사는 사람 있나? 한 무리의 사람들은 아버지를 무책임하고 무능한 사람이라고 했고 누군가는 불쌍하고 가엾다고 했다. 그 이야기 어디쯤에 아버지가 있는 것 같기도 하고 그것과 무관한 것도 같고 그 모든 걸 합쳐야 비로소 진짜 아버지가 되는 것 같기도 했다.

"이게 무슨 일이냐? 대체 왜 그런 거야?"

큰삼촌이 물을 때마다 엄마는 고개를 저었다. 아버지에겐 은행과 친척에게 진 빚이 좀 있었지만 갚을 수 없는 수준은 아니라고 했다.

"그 속을 내가 어떻게 알아요? 도무지 말을 안 하는 양반인데."

술이 엉망으로 취한 삼촌은 횡설수설하다가 영무를 보곤 붉고 뜨거운 손으로 양쪽 어깨를 꽉 잡았다 놓았다.

뚜렷한 이유가 밝혀지지 않자 당연한 수순이라는 듯 그럴 듯한 소문들이 스멀스멀 기어 나왔다. 영무 아빠 여자 있었던 거 아냐? 직장에서 흉한 일에 휘말렸던 거 같은데. 같이 울어 주던 친척과 이웃들은 눈물을 닦은 뒤 은밀한 목소리로 그런 얘기를 주고받았다. 영무에게 직접 물어보는 이도 있었다. 그들은 영무 모자가 걱정된다는 이유로 장례식이 끝난 뒤에도 수시로 집에 드나들었고 귀를 세우고 눈을 반짝이며 몰려다녔다. 내가 알아보니까 청산가리 먹고 죽으면 고통도 별로 없대. 누가 그래? 오장육부가 다 뒤집어진다는데. 그거 먹은 사람이 죽기 전에 하도 벽을 긁어 대서 손톱이 다 빠진다잖아. 아니야. 질식해서 죽는 거라 고통이 적대. 아니면 사람들이 왜 청산가리를 먹고 죽겠어? 처음엔 수군거렸으나 사람들은 점점 목소리를 낮추는 것도 잊은 채 때와 장소를 가리지 않고 떠들어 댔다. 오죽하면 제 집 안방에서 약을 먹었을까. 동정하던 목소리는 어린 아들도 있는데 굳이 집에 와서 죽은 걸 보면 어지간히 독하다는 말로 바뀌었다.

그 끈끈한 시선, 냄새나는 추리보다는 낯설고 심심한 동네가 나았다. 타지에서 아버지는 자살한 사람이 아니라 병을 앓다 죽은 사람이 되었고 엄마는 아파트 상가에 있는 화장품 가게에 일자리를 얻었다.

"이제 엄마가 돈 벌 거니까 넌 걱정 말고 공부만 열심히 하면 돼, 알았지?"

엄마는 책상 앞에 앉아 있는 영무의 머리를 여러 번 쓰다듬었다.

화장품 가게에 나가기 시작하면서 엄마는 머리를 자르고 파마를 했다. 구불구불한 머리를 한 채 거울 앞에서 붉은색 립스틱을 발랐고 손톱과 발톱에도 매니큐어를 정성스럽게 칠했다. 빨리 마르라고 손톱에 바람을 후후 불어 대는 엄마의 얼굴은 들뜬 것 같기도 하고 울음을 참는 것처럼 보이기도 했다.

엄마는 매일 메모를 써서 냉장고 앞에 붙여 두었다. 방과 후에 열쇠로 문을 열고 들어가면 그 메모가 영무를 맞아 주었다. 밥 챙겨 먹을 것, 비 오면 창문 닫아라, 밥 없으니 가게로 와. 급하게 휘갈겨 쓴 글씨도 있고 사랑한다, 아들, 이라고 꾹꾹 눌러쓴 뒤 하트를 그려 놓은 것도 있었다. 1년에 한 번은 생일 축하해, 저녁에 케이크 먹자, 라고 쓴 카드가 붙어 있었다. 영무는 그 메모를 떼어 상자 안에 모아 두었다. 서랍의 두 번째 칸에는 엄마의 메모 상자가, 마지막 칸에는 아버지의 약병이 들어 있는 셈이었다.

책가방을 멘 채 가게에 가면 엄마는 짜장면을 시켜 주거나 은색 호일에 싼 김밥을 내밀었다. 가게에서는 언제나 향긋한 냄새가 났다. 영무는 안쪽에 있는 마사지실에 들어가서 별식을 아껴 먹었다. 엄마는 영무가 먹는 걸 흐뭇하게 지켜보기도 했지만 대부분 밖에서 화장품을 파느라 바빴다. 인근 아파트의 아줌마들이 주 고객이었는데 엄마는 그들의 얼굴과 피부를 살펴본 뒤 지성인지 건성인지 파악했고 로션이나 크림을 권했다. 파운데이션과 트윈케이크를 직접 본인의 손과 얼굴에 발라 가며 색상의 차이를 설명했고 아이섀도와 립스틱도 수시로 발랐다가 지웠다. 화장품 가게에서 일하는 엄마는 화사하고 활기찼다. 세 식구가 함께 살 때와는 달랐다. 손님들 앞에서 우스갯소리를 곧잘 했고 너스레도 잘 떨었다. 앓는 소리도 수준급이고 맘에도 없는 말을 눈 하나 깜짝하지 않고 술술 내뱉었다. 신발 가게 여자 앞에서는 푸른색 아이섀도에 붉은 입술이었다가 아파트 부녀회장 앞에서는 갈색 눈매에 베이지 립스틱으로 변했다.

집에 오면 엄마는 벽에 기대앉아 스타킹을 벗은 뒤 다리를 쭉 폈다. 아이고 다리야, 아이고 허리야, 소리와 함께 엄마는 비로소 엄마가 되었고 예전의 모습으로 돌아왔다. 엄마의 얼굴과 몸에서는 여전히 향긋한 화장품 냄새가 났지만 스타킹과 구두에 갇혀 있던 발에서는 시큼하고 고단한 고린내가 진동했다. 땅에 발을 붙이고 땀을 흘리며 사는 사람의 냄새란

요란할 수밖에 없을 것이다. 발 냄새는 금세 방 안에 퍼졌고 서 있는 동안 무게를 지탱하던 발과 사람들의 얼굴을 마사지 하던 손가락은 퉁퉁 부어올랐다. 엄마의 발 냄새를 맡으며 영무는 약병에 담긴 청산가리를 떠올렸다. 뚜껑을 처음 열었던 순간을 잊을 수 없었다. 책상에 올려놓고 한참을 쳐다보다 뚜껑을 돌린 다음 무언가에 홀린 듯 킁킁거리며 냄새를 맡았다. 사람을 죽음에 이르게 하는 가루라면 냄새도 매혹적일 것 같았다. 그러나 병 안에서는 비릿하고 고소한 내가 희미하게 흘러나왔다. 그날 아버지가 누워 있던 방에서 나던 냄새였다. 엄마의 발 냄새가 삶의 고단함을 지독하게 풍긴다면 그 냄새는 고요한 무취에 가까웠다.

학창 시절 내내 영무는 누구와 적이 되지도 않았으나 절친한 벗도 만들지 않았다. 아버지의 약병은 평소에는 서랍 속에, 가끔은 주머니 속에 머물렀다. 생각의 흐름을 단속하지 않으면 방바닥에는 아버지가 종종 그때 그 모습으로 누워 있곤 했다. 연탄가스에 노출된 사람과 비슷하게 기도가 막혀서 질식사한 40대 남자. 그 모습이 실제로 보이는 건 아니었지만 무의식중에 재생 버튼이 눌러지면 슬라이드의 영상처럼 머릿속에 흐릿하게 펼쳐졌다가 사라지길 반복했다. 니스 칠한 방과 바닥에 깔아 둔 얇은 면 패드, 창문으로 쏟아지던 노란 햇빛과 겁에 질린 채 아빠를 물끄러미 바라보던 열 살 소년. 그

장면을 볼 때마다 머릿속에서는 물음표가 꼬리를 물고 이어졌다. 왜? 대체 무엇 때문에 그랬을까? 무엇이 청산가리를 구하게 하고 그것을 품고 있다가 아침에 출근한 그를 다시 집에 돌아오게 했을까? 무엇이 그것을 결국 삼키게 만들었을까? 이유가 무엇이든 그랬어야만 했나? 그 사람은 목마를 태워 주고 같이 공놀이를 하고 블록을 맞추던 아빠와 다른 사람인가? 엄마는 답을 알까? 그 생각에 빠지면 맨몸으로 거대한 벽에 부딪치는 것 같았다.

영무는 삶의 어느 시기에는 약병을 입안에 돋은 혓바늘처럼 생생하게 인식했고 어느 때는 까맣게 잊고 지냈다. 주머니에 독약을 넣고 다니는 사람은 어떤 식으로든 이전과 다른 삶을 살 수밖에 없다. 약병이 그의 의식을 지배할 때 영무는 삶의 패배자인 동시에 생의 파괴자가 될 수 있었다. 자살이란 세계를 지우는 일이자 그 세계에서 자신의 존재를 지우는 일이니까. 그래서 영무는 종종 독약의 냄새에 마음을 빼앗겼다. 밀어내려 애써도 그 유혹은 자주 영무의 곁을 배회했다. 때때로 그를 조롱했고 어떤 순간에는 안식처가 돼 주겠다고 속삭였다. 영무는 약병을 손에 쥔 채, 대문 안으로 뛰어 들어가던 열 살의 소년을 떠올렸다. 그는 자신인데 가끔 자신이 아닌 것처럼 느껴졌다. 어른이 된 뒤 영무는 뉴스에 나오는 자살 소식을 접할 때마다 그나 그녀가 왜 그랬을까, 궁금해하기보다 그들의 뒤에 남겨져 있을 사람들에 대해 생각했다. 아내나 남편과 부모, 어린 자식, 아직 죽음이 뭔지 모르는 자식, 자신에게 생명을 준 사람이 왜 스스로 목숨을 끊었는지에 대해서는 더더욱 모르는 자식들에 대해 생각했다. 그들이 어떻게 자라야 되는지 누가 가르쳐 줄 것인가. 누가 그들을 지켜 줄 것인가. 소년에게 안방 문을 열지 말라고, 약병 같은 건 챙기지 않는 게 좋다고 말해 주고 싶었다. 그러면 소년이 영무를 보고 희미하게 웃었다. 그걸 보고 나면 약병을 내려놓을 힘이 생겼다. 약 뚜껑을 여는 게 용기 있는 선택처럼 보이지만 그것만큼 비겁한 결정이 없다는 것도 인정하게 되었다. 자살 충동에 시달릴 때마다 그는 소년과 엄마를 생각했다. 소년이 견뎌 온 외로운 시간과 살기 위해 발버둥치는 엄마의 고단한 발 냄새를 떠올렸다.

샤워 후 몸에 밴 냄새를 모두 지우고 나면 엄마는 물기를 말린 뒤 플라스틱으로 된 커다란 헤어롤을 머리 전체에 말았다.

"어때? 괜찮아 보여?"

엄마가 물을 때마다 영무는 고개를 끄덕였다. 헤어롤과 붉은 립스틱, 손톱과 발톱에 바르는 진한 색 매니큐어는 그의 취향이 아니었지만 그렇게 해서 살아갈 힘을 얻을 수만 있다면 좀 더 진하고 붉어도 상관없을 것 같았다.

"예뻐요."

그러면 엄마는 흡족해하며 웃었다. 살아 있고 살아간다는
건 이상한 일이었다. 몸에 바른 색은 지워질 것이고 다시 냄
새가 날 테지만 그것에 굴하지 않고 꾸준히 다른 색으로 칠
하고 새로운 향수를 뿌린다. 그게 견디는 방법인지 그렇게 하
는 것이 견디게 만드는 것인지 모르겠지만 엄마는 살아가는
일을 멈추지 않았다. 영무는 거울 앞에 앉아 있는 엄마를 이
따금 물끄러미 쳐다보았다. 거대한 벽 앞에서 엄마는 어떻게
우회했을까. 궁금했지만 한 번도 묻지 못했다.

여진은 형광 핑크 색 같은 여자였다. 흑백의 입장에서는 컬
러를 지닌 사람을 보는 것만으로도 눈이 번쩍 뜨이는데 형
광 핑크라니. 영무는 그녀가 자신과 다른 사람이라는 걸 단번
에 알아챘다. 여진이 사진기자와 함께 우편 취급국에 들어섰
을 때, 정오 무렵의 햇빛이 늘 출입문 쪽으로 내리쬐긴 했지
만 그 순간 영무는 눈이 부셔서 뜨고 있기 힘들다고 생각했
다. 패션 잡지 기자라는 직업도 그렇지만 여진은 여러 면에서
낯선 타입의 여자였다. 그 전에 교제했던 여자들도 영무보다
밝고 수다스러웠지만 그녀들이 참새나 종달새 같았다면 여진
은 공작새처럼 보였다. 영무는 공작새가 날개를 펴는 순간에
는 쳐다보지 말아야겠다고 결심했다. 매료되거나 연루되고 싶

지 않았고 감정을 갖기 싫었다. 그러니 눈을 쳐다보며 얘기하지 말았어야 했고 따로 만나지 말았어야 했고 같이 술을 마시지 말았어야 했다. 결혼 얘기 같은 건 단호하게 거절했어야 했다.

물론 영무도 인생에 한 발짝 가까이 다가가고 싶을 때가 있었다. 뒤로 물러나 선 밖에서 팔짱을 끼고 있는 게 늘 편한 건 아니었다. 그러나 팔을 풀고 앞으로 나아가려 할 때, 어떤 상황에 빠져들려고 할 때마다 아버지 생각이 났다. 그가 혼자 청산가리를 구하고 출근 뒤에 몰래 돌아와 아무도 없는 집에서 약을 먹은 건 거리를 유지하지 못해서가 아니었을까. 생활고나 가족, 회사나 그를 괴롭히는 개인적인 문제에서 몇 발짝 떨어져 있었다면 살아 있지 않을까, 싶은 생각이 들었다. 아버지가 떠오를 때마다 영무는 감정과 사람에 대해 냉담해졌다. 그러나 아무도 그의 갈등에 대해 짐작하지 못했으므로 그가 흔들리는 걸 눈치채는 사람도 없었다. 시간이 흐르면서 아버지에 대해선 많이 자유로워졌으나 어떤 상황 앞에서 뜨겁게 달아올라 뛰어들고 싶을 때마다 끓어오르는 자신을 차분하고 냉정한 표정으로 바라보는, 또 다른 자신을 외면하기가 어려웠다.

여진을 불행하게 만들고 싶은 건 아니었다. 그의 입장에서는 결혼도 용기를 낸 일이었지만 감정이나 사랑을 표현하는 건 여전히 어려웠다. 그는 외로움 속에서 늘 누군가를 기다렸으나 막상 다른 사람과 함께 있게 되면 어색해하며 혼자가 되기를 간절히 바랐다. 그러나 고독 속에서 안도하며 충분한 시간을 보낸 뒤에는 다시 누군가 다가오기를 초조하게 기다렸다. 그게 모순으로 점철된 인생 패턴이었다. 결혼 생활이 여진을 탈색시킨다는 걸 영무도 알았다. 그는 결혼과 어울리지 않는 사람이었고 결혼하지 말았어야 했으나 이미 시작된 결혼 생활을 먼저 끝내자고 할 수는 없었다.

한 가지 다행인 건 여진이 엄마와 잘 지낸다는 점이었다. 두 사람 다 타인과 어울리는 걸 좋아하고 돈독한 관계 속에서 안정을 느꼈다. 그녀들은 무심하고 무뚝뚝한 아들과 남편을 매개로 쉽게 뭉쳤다. 엄마가 시한부 판정을 받았을 때 영무는 자신의 결혼 생활도 위태로워졌음을 직감했다.

우편 취급국은 공공 기관인 우체국과 달리 개인이 허가를 받아서 개설하고 운영한다. 취급국은 영무의 것이 아니고 그는 관리자로 고용되어 월급을 받으며 일하는 입장이었다. 국장 자리에 영무를 추천한 사람은 전 직장의 상사였다. 같은 팀에서 일할 때 그는 동료들과 어울리는 일보다 업무 처리에 더 능숙한 영무에게 배타적이었다. 그런데 대부분의 업무를 혼자서 처리해야 한다는 근무 조건을 듣고는 사촌 형인 사장에게 영무를 적극 추천했다. 영무는 자신이 모르는 어떤 지역에서 우편 취급국이 개설되고 사장이 책임자를 구하고 그 과정에서 사촌 동생에게 좋은 사람을 소개해 달라고 지나가는 말로 툭 던지거나 간곡히 부탁하는 상황을 떠올려 봤다. 그리고 사장의 사촌이자 자신의 상사였던 사람이 근무 조건에 대해 듣다가 적합한 인물로 영무를 떠올리고 소개하는 장면까지의 연결 고리에 대해서도 생각해 봤다. 자신이 모르는 곳에서 벌어진 모종의 일이 자신을 이 취급국 책상에 앉게 만들었다는 걸 생각하면 사는 게 재미있기도 하고 두려워지기도 했다.

다행히 일은 적성에 잘 맞았다. 취급국 안에는 최소 1명, 최대 2명의 인원이 필요했고 우체국과 달리 금융 업무를 담당하지 않았으므로 취급하는 것은 주로 어딘가로 보내지는 물건이나 서신 들이었다. 서류와 물건의 무게를 재고 가격을 부여하고 분류하는 것은 기계적이고 단순한 업무에 해당했다. 상대하는 것이 인간이나 돈이 아니라는 것도 큰 장점이었다. 누구나 할 수 있는 일이지만 대부분의 사람들은 혼자 혹은 단둘이 근무해야 한다는 점을 부담스러워했다. 어느 모로 봐도 활기찬 사무실 분위기나 직장 동료와의 교감, 업무의 보람을 느끼기는 어려웠다. 교대하지 않으면 화장실이나 식사는 물론 개인 시간을 쓰기도 힘들었다. 그러나 다른 사람들이 불편해하는 그런 점 때문에 영무는 취급국 일이 마음에 들었다. 말로 하는 일이 아니고 동료와 협업할 필요가 없다는 것. 고요한 일터나 고독한 업무는 그를 편안하게 했다.

영무는 자신의 삶이나 하루가 묘지기와 비슷하다고 생각했다. 일 자체의 유사성과 상관없이 태도나 심정이 그랬다. 이른 아침 황량한 공동묘지에 가서 밤새 쌓인 쓰레기와 낙엽을 치우고 상석 위도 쓸어 낸다. 하루 종일 기다란 빗자루를 든 채 묘지 안을 유령처럼 맴돈다. 묘지 안에서도 가난한 자와 부자는 자리와 묘비, 상석의 크기와 재질로 구별된다. 그러나 부질없고 쓸쓸하다는 점에서는 동일하다. 날이 밝으면 가족이나 친구들의 방문이 띄엄띄엄 이어진다. 그들은 묘비 앞에서 절을 하고 술을 붓고 울면서 서로 끌어안는다. 그리고 사소한 일로 말다툼하거나 고성을 지르며 싸우기도 한다. 영무는 그들의 행태를 묵묵히, 때론 참담한 심정으로 구경한다. 해가 지고 문을 닫으면 영무는 돌아다니면서 사람들이 놓고 간 꽃다발과 음식, 술병을 천천히 수거했다. 꽃다발은 되팔고 죽은 사람에게 바쳐진 음식 중에서 먹을 만한 것을 골라 배를 채웠다. 그들이 놓고 간 음식은 식거나 굳었고 대체로 간이 심심했다. 일기와 계절, 방문객만 바뀔 뿐 묘지기의 일상은 변하지 않는다. 취급국의 책상에 앉아 있으면 해는 오른쪽에서 왼쪽으로 기울었고 우편물을 쌓았다가 배출하는 것으로 하루가 저물었다. 적요하다고밖에 할 수 없는 일상이었다.

다양한 사람들이 취급국을 거쳐 갔다. 그들은 3개월에서 1년쯤 일한 뒤 좀이 쑤신다는 듯 다른 직장으로 옮겨 갔다. 공무원이 아니라 다양한 혜택이 주어지는 것도 아니고 철밥통도 아니니 매력적인 직업이나 직장일 리 없었다. 게다가 영무는 좋은 동료나 상사도 아니었다.

소정은 여러 면에서 그동안 일했던 아르바이트 직원들과 달랐다. 나이가 어린데도 일과 환경에 자신을 맞출 줄 알았다. 그녀는 어른스러웠고 억척스러우면서도 진중했다. 자리를 비우고 취급국을 맡겨도 불안하지 않았다. 그런 면은 화장품 가게에서 일하던 시절의 엄마를 연상시켰다. 만약에 여동생이 있었다면 소정과 비슷하지 않았을까, 라는 생각이 들 정도였다. 그건 호감보다는 안쓰러움과 안타까움을 동반한 감정이었다. 그렇다고 뭔가를 해 줄 수 있는 것도 아니었다. 가끔 먹을 걸 챙겨 주거나 약간의 편의를 봐주는 게 다였다.

회식을 겸해서 두어 번 밥을 먹고 술을 마시는 동안 영무는 소정 앞에서 쉽게 마음이 풀어졌다. 비슷한 부류의 사람이라는 걸 눈치챈 순간 안도감을 느꼈고 점차 무장해제되었다. 그래서 다른 사람에게 말한 적 없는 과거, 여진에게 털어놓지 못한 내밀한 부분까지 얘기하게 되었다. 술을 마시며 두 사람은 아버지와 동생, 죽음과 삶의 고단함에 대해 얘기를 나눴다. 새벽에 귀가해서 회식 때문에 늦었다고 하자 여진이 복잡한 표정으로 쳐다봤다.

병원 생활은 어느새 한 달 보름째에 접어들었고 엄마의 병세는 눈에 띄게 악화됐다. 하루에 한두 번 꼴로 격렬한 고통을 느끼며 몸부림쳤고 그렇지 않을 때는 멍한 얼굴로 누워 있었다. 경치 좋고 공기 맑은 곳으로 옮겨 요양하면 어떻겠냐고 권했지만 그것도 거부했다. 영무는 퇴근길에 병원에 들렀고 가끔은 점심시간에도 가 보았다. 병원에 자주 가긴 했지만 그가 할 수 있는 일은 많지 않았다. 간이침대에 앉아 엄마가 좋아하던 노래를 들려주거나 신문을 읽어 드리는 게 다였다. 그날 있었던 일이나 어릴 때의 추억 같은 것에 대해 도란도란 이야기할 수 있다면 좋겠지만 말주변이 없었다. 영무가 곁에 있을 때 엄마는 대체로 눈을 감고 있었다. 자는 건지 듣는 건지 알 수 없으나 고통스러워하지 않는다는 것만으로도 큰 위안이 되었다. 엄마가 꽃을 보고 싶어 한다는 간병인의 얘기에 영무는 큰 임무라도 맡은 듯 병실의 꽃이 시들지 않게 신경 썼다. 카네이션 말고 엄마를 위해 꽃을 사는 건 처음이었다. 다양한 꽃을 사기 위해 영무는 매번 병원 건너편의 꽃집 안에서 오래 서성였다. 봄이라 그런지 꽃집에는 유난히 색감이 화려한 꽃이 많았고 흰 국화는 팔지 않았다.

벚꽃 축제가 한창이라는 뉴스가 보도된 날 엄마는 모처럼 컨디션이 좋다며 일어나 앉아 있었다. 이러다 정말 큰일 나는 게 아닌가 싶을 정도로 가슴 철렁한 날이 며칠 이어진 뒤였다. 영무는 하루에도 몇 번씩 휴대전화로 상태를 확인했고 퇴근하자마자 병원으로 갔다. 하루를 더 산다는 게 이토록 간절하고 아슬아슬한 바람 속에서 이루어지는 일이라는 걸 예전에는 미처 몰랐다. 침대에 앉아 있는 엄마는 해골같이 변한 얼굴로 숨을 몰아쉬었지만 눈빛만은 맑았다. 영무에게 겉의 가죽은 반들거리고 속지는 나달거리는 낡은 수첩을 건넸다. 갈피끈은 뒤쪽의 연락처 칸에 끼워져 있었다.

"거기 표시한 사람들한테 전화 좀 돌려라. 엄마가 보고 싶어 한다고."

페이지마다 이름, 전화번호, 휴대전화 번호가 빼곡히 적혀 있었다. 어떤 이름 옆에는 괄호와 함께 인삼 아줌마, 홍제동 여사 하는 식의 호칭이 붙어 있었고, 번호가 여러 번 바뀌어 지저분해진 칸도 있었다. 고심해서 고른 듯 페이지마다 한두 명의 이름 앞에만 점이 찍혀 있었다.

"난 수목장 했으면 싶으니까 그렇게 알고."

수첩을 넘기던 영무가 쳐다보자 엄마는 창밖으로 시선을 돌렸다.

"이제 얼마 안 남은 것 같아서…… 생각날 때마다 하나씩 정리해 둬야지, 안 그러냐?"

엄마는 옷과 구두, 물건 중에서 쓸 만한 건 챙겨 두고 왔으니 여진에게 주라고 했고 방은 얼른 빼서 병원비에 보태라고 했다. "수첩 뒤쪽에 보면 돈 받을 거랑 갚을 것도 적어 놨다. 얼마 되진 않아. 다른 건 네가 알아서 처리해라. 보험회사는 저번에 명함 받아 뒀지?"

영무는 고개를 끄덕거리지도, 네, 라거나 아니요, 같은 대답도 하지 않은 채 묵묵히 듣기만 했다. 이런 순간에 대해 생각해 본 적이 없어서, 살갑고 따뜻한 아들이 아니라서 어떻게 반응해야 할지 알 수 없었다. 위로가 되는 말을 하고 진심을 전하고 싶은데 그런 마음이 커질수록 머릿속은 더 깜깜해졌다. 한 사람의 삶이 이렇게 쉽고 간단히 정리될 수 있다는 게, 물건과 거주지의 처분, 몇몇 금전 관계의 해결만으로 살아온 날들이 말끔히 말끔히 지워질 수 있다는 게 실감 나지 않았다. 무슨 말인가 하고 싶어서 입술을 달싹거렸지만 어떤 마음도 말이 되어 나오지 않았다. 그저 "그렇게 할게요. 걱정 마세요."라고만 했다. 영무가 가만히 있다가 손을 잡자 엄마가 다른 손으로 영무의 손을 감싸 쥐었다.

"이럴 줄 알았으면 같이 여행이라도 한번 다녀오는 건데 그랬다."

엄마는 아쉬운 듯 울먹거렸다.

"그러게요."

영무도 울음이 터지려는 걸 참으며 비쩍 마른 엄마의 손을
어루만졌다.

"네 처한테 잘해라. 더 나이 먹기 전에 애도 다시 갖고."

누가 뭐라고 해도 가족밖에 없더라. 너 없었으면 나라고 살
았겠니. 나도 정말…… 뒷말은 떨림 속에 묻혔다. 두 개의 마
음이 가정을 꾸리고 아빠가 되는 걸 주저하게 만들었다. 아버
지처럼 자신에게 매몰되어 가족을 버리게 될까 봐, 방바닥에
길게 누워 검은 그림자를 만들게 될까 봐, 그게 아니면 엄마
처럼 인생을 전부 자식에게 내어주고 빈껍데기가 될까 봐 어
떤 관계도 맺거나 확장하고 싶지 않았다. 이제 다시 혼자가
되겠지만 처음부터 그랬던 것과 그렇게 되는 건 달랐다. 영무
는 엄마의 무릎에 엎드려 모든 걸 털어놓고 싶은 마음을 겨
우 다잡았다. 자기가 엄마의 손을 쓰다듬고 있다고 생각했는
데 다시 보니 엄마가 영무의 손등을 토닥이고 있었다.

엄마의 죽음을 받아들이고 준비하는 건 여진과 헤어지는
과정이기도 했다. 엄마에게 어떤 마음도 표현하지 못한 것처
럼 여진에게도 감정이나 진심에 대해서 제대로 말해 본 적이
없었다. 아이를 가졌을 때는 두려움 때문에 멀찍이 떨어져 있
었고 벽을 넘어 다가가려는 순간에 아이를 잃고 말았다. 여진

이 상실감에서 헤어 나오지 못하고 괴로워할 때도 그저 등 뒤에서 서성거릴 뿐이었다. 다가가 어깨를 안아 줘야 한다고 생각하면서도 거리를 좁히지 못했고 쉽게 손 내밀지 못했다. 여진이 이혼 얘기를 꺼내던 순간에도, 그 후로도 헤어지지 말자거나 앞으로 더 잘하겠다고 말하지 못했다. 마음을 표현했다면 어땠을까. 변하려고 노력할게. 돌아와. 기다려 줄게. 이런 말을 했다면 어땠을까. 뭔가 달라졌을까. 그러나 영무는 사랑한다며 붙잡지 않았고 돌아오라고 애원하지도 못했다. 여진은 안 한 거라고 생각하겠지만 그로서는 못한 것이었다. 영무는 잠든 엄마의 등을 오래 바라보았다. 그 등은 어쩔 수 없이 아버지의 뒷모습과 겹쳤다. 그럴 때마다 자신의 어떤 부분이 여전히 그 방에 머물러 있으며 조금도 자라지 않았다는 걸 깨달았다.

지인들의 방문이 이어지는 동안 엄마는 멀쩡한 사람처럼 굴었다. 병실과 침대, 환자복과 주삿바늘을 벗어나지 못하면서도 시한부 판정을 받은 말기 암 환자가 아니라 맹장 수술 뒤 가스가 나오기를 기다리는 환자 행세를 했다. 몇 달 만에 엄마를 보는 사람들은 야위고 병색이 짙은 모습에 놀라는 눈치였으나 엄마가 예전과 다름없는 말투로 인사하고 농담을 건네자 그런 기색을 감추고 아무렇지 않은 척 행동했다. 그동안 계 모임은 어떻게 운영됐는지, J는 여전히 말을 옮기고 다녀서 문제를 일으키는지, 문화센터 노래 교실의 그 남자 선생은 애인과 헤어졌는지, 이번 봄에는 어디로 놀러 갔다 왔는지, 엄마는 묻고 또 물었다. 그들의 봄이 어땠는지, 엄마가 없는 동안 무슨 일이 일어났는지 속속들이 알고 싶어 했다.

하루에 한 팀, 2주에 걸쳐 다섯 팀의 방문이 이어졌다. 사람들이 가고 난 뒤 엄마는 피로와 고통 속에서 쓰러지다시피 했고 남은 시간을 진통제로 겨우 버텼다. 간호사와 간병인은 무리하지 말라고 했지만 엄마는 더 많은 사람들을 만나고 싶어 했고 영무는 그게 무엇이든 엄마가 원하는 대로 해 주고 싶었다. 병실 밖에서는 벚꽃이 꾸준히 떨어져 내리며 이별의 시간을 재촉했다.

마지막 방문자는 오랫동안 왕래가 없던 큰삼촌과 이모였다. 아버지가 죽고, 살던 동네를 떠나면서 엄마는 많은 것들과 결별했다. 가족처럼 지내던 이웃사촌들과 아버지의 자살에 대해 아는 지인들. 그중에는 삼촌과 이모도 포함돼 있었다. 물론 피붙이들과는 인연을 완전히 끊은 게 아니라 명절이나 중요한 대소사가 있을 때면 전화 연락을 하고 만나러 갔지만 그들을 집으로 부른 적은 없었다. 삼촌과 이모, 사촌들과는 잊을 만하면 결혼식이나 장례식에서 만나 서먹하게 안부를 물은 뒤 헤어졌다. 엄마는 형제자매를 밀어내면서까지 모종의 시선과 쑥덕거림으로부터 영무를 지키려 애썼다.

토요일 저녁, 병실에 같이 들어선 삼촌과 이모는 영무의 결혼식 때 봤던 모습보다 늙고 추레해 보였다. 그게 결혼식과 병문안의 차이 때문인지 이제 늙는 일만 남아서 그런 건지는 알 수 없었다. 설에 봤을 때만 해도 멀쩡했잖아. 이게 대체 무슨 일이냐고 묻는 삼촌의 얼굴에는 30년 전의 표정이 고스란히 드러났다. 삼촌과 이모는 영무의 어깨를 끌어안고 등을 두드렸다. 네가 고생이 많다. 그러고 있으려니 열 살 소년으로 돌아간 것 같아 기분이 묘했다. 엄마의 손을 잡은 이모는 말도 제대로 못하고 울기만 했다. 우는 사이사이, 우리 언니 불쌍해서 어떡해, 라고 반복해서 중얼거렸다. 영무는 그걸 지켜보다 슬그머니 병실 밖으로 나왔다. 복도를 왔다 갔다 하다가 엘리베이터를 타고 내려와 흡연 구역에서 담배를 꺼내 물었다. 어떤 날은 엄마의 시간이 얼마 남지 않았다는 것, 죽음이 문턱을 넘어 코앞까지 다가왔다는 게 실감 나지 않았고 어떤 때는 바로 다음 순간에 닥칠 일처럼 생생해서 미칠 것 같았다. 영무는 초조하게 담배를 빨아들였다. 조급한 만큼 담배는 빨리 타들어 갔다. 시간은 필터 끝까지 타들어 간 담배처럼 간당간당하게 남아 있었다.

*

    국장이 담배를 피우러 간 사이 소정은 기지개를 켰다. 목을 좌우로 돌려도 춘곤증이 쉽게 가시지 않았다. 종이 딸랑거린 뒤 긴 생머리 여자가 들어왔다. 그녀는 일주일에 한 번씩 군대에 간 남자 친구에게 소포를 보냈는데 시간이 지날수록 포장 솜씨가 늘었다. 이번에 가져온 소포는 꽤 묵직했다. 무게를 재면서 내용물을 묻자 스킨, 로션, 선크림과 핸드크림이라고 했다.

    "깨지는 건 아니죠?"

    "그럼요. 한두 번 보내는 것도 아닌데."

    여자는 갈라진 머리끝을 만지며 배시시 웃었다. 군인에게 4월은 얼굴이 타는 시기라고 했다. 그러니까 애인은 자외선 차단과 겨울 동안 거칠어진 피부의 영양 공급에 신경 써야 한다는 것이다. 등기 접수증을 건네자 여자는 심호흡을 한 뒤 지갑에 넣었다. 기대감이나 설렘도 데시벨로 측정할 수 있다면 접수증을 챙기는 여자의 것은 일상적인 소음이 아니라 폭발력이 강한 굉음일 것 같았다.

    전화 통화를 하면서 소정이 들뜬 목소리로 4월은 꽃의 계절 아닌가? 하자 진수가 벚꽃의 꽃말이 뭔지 알아? 하고 물었다, 소정이 답을 찾는 사이 진수가 중간고사야, 중간고사, 하며 한숨을 내쉬었다. 여의도 벚꽃 축제는 이번 주말까지였다. 거리의 벚꽃은 만개했고 다음 주쯤 비가 내리고 나면 모두 떨어질 것 같았다. 그래도 같이 보러 가면 좋을 텐데. 소정이 아쉬워하자 진수는 놀고 싶은 거 꾹 참으며 공부한다고 투덜댔다. 넌 정말 세상 물정 모르고 속 편한 소리만 하는구나, 그 말은 나무라는 것 같기도 하고 원망하는 것도 같았다. 새 학년 새 학기가 시작되면서 진수는 매일 영어 학원에 다니고 이런저런 스터디 모임에 참석하느라 주중은 물론 주말에도 바빴다. 진수와 통화하다 보니 영어 공부에도 박차를 가하고 퇴근 후의 시간도 좀 더 효율적으로 써야 할 것 같았다. 그렇다고 보고 싶은 마음이 줄어드는 건 아니었다.

대학 동기와 후배 들은 안부나 근황에 대한 이야기를 나눌 때마다 소정과 진수가 잘 만나고 있는지 물었다. 저학년의 캠퍼스 커플들이 군대 문제 앞에서 흔들린다면 고학년들은 한 사람이 먼저 졸업하거나 취업했을 때 결별의 그림자가 짙게 드리워지곤 했다. 주변 사람들이 알고 싶은 게 굳건한 애정에 대한 확인인지 결별의 징조에 대한 감지인지 그저 인사인 건지는 알 수 없었다. 잘 지내지, 라고 대답하면 그들은 순항 중인 소정의 연애를 부러워하거나 조심스럽게 자신의 새 연애 소식을 전하곤 했다. 친하게 지내던 동아리 친구가 밤에 전화해 근황을 물었을 때도 소정은 그런 맥락으로 받아들였다. 휴학을 두 번 해서 이제 4학년인 친구는 진수, 소정과 자주 어울리던 멤버였다. 둘은 평소처럼 아르바이트와 취업에 관련된 얘기를 나눴다.

"미룰 수만 있다면 졸업 또 미루고 싶은 거 있지? 선배들이 왜 학교에 10년씩 붙어 있는지 이해가 돼."

소정도 졸업 후 자리를 잡지 못하고 아르바이트를 전전하는 처지라 친구의 말에 공감했다.

"아르바이트 지겨워서 때려치우고 싶다가도 그만둘 때 되면 불안해. 등록금, 학자금 대출 때문에 허리가 휘는데도 학생 때 생각하면 그립고."

"맞아…… 근데 너 요즘 진수랑은 잘 지내는 거야?"

친구의 목소리가 갑자기 조심스러워졌다.

"잘 지내. 요즘 바쁘다고 해서 자주 못 보지만."

그러자 친구가 너 진수 안 만난 지 오래됐구나, 라고 한 뒤 잠시 침묵했다.

"진수가 아무 얘기도 안 해?"

"무슨 얘기?"

무슨 얘기인지 정체도 모르고 아무 말도 듣지 못해서 소정은 목 안이 간지러웠다. 불길한 예감 때문에 침을 삼켜도 간지러움은 사라지지 않았다.

"학교에 진수에 대한 소문이 자꾸 돌아서."

소문? 이라고 묻고 나서 소정은 제 목소리에 놀랐다. 소문 같은 것과 거리가 먼 삶을 살아서 자신과 관련된 일이 아닌 것 같았다.

"A한테 들었을 때는 나도 안 믿었는데……."

지난주에 시내에서 진수 봤는데, 라는 A의 얘기를 들은 게 3주 전쯤이라고 했다. 진수 오빠 어제 학교 근처 술집에 있던데, 웬 여자랑 나란히 앉아 있더라고요, 라며 말을 전한 건 후배 B였다. A와 B의 제보 속에서 진수는 모두 소정이 아닌 다른 여자와 함께 있었다. 어깨를 살짝 덮는 생머리에 미니스커트를 입었더라는 설명만으로는 그들이 본 여자가 동일 인물인지 아닌지 알 수 없었다. A는 같이 걸어가더라고 했고, B는 손을 잡고 있었다고 했다. 테이블 아래로 잡은 손이 보였어요. 친구가 전해 주는 얘기는 유명 연예인의 열애설에 대한 소문 같아서 비현실적이고 와 닿지 않았다.

"……친구나 후배랑 같이 있었던 거 아닐까?"

"나도 처음에는 그렇게 생각했는데 자꾸 이런 얘기가 들리니까 신경이 쓰이더라고. 술집에서 손잡고 있었다는 것도 그렇고. 넌 알고 있는 줄 알았지."

친구와는 얘기를 더 나눈 뒤 전화를 끊었지만 무슨 말을 듣고 뭐라고 대꾸했는지 하나도 떠오르지 않았다. 확실하지 않지만 예상하지 못했던 일이라 마음이 뒤숭숭하고 갈팡질팡

했다. 소정은 책상 위의 종이를 손으로 잘게 찢었다. 같이 걷는 것과 손잡고 걷는 것은 엄연히 다르다. 둘이 술 한잔하는 것과 나란히 앉아 마시는 것도 상황이나 분위기가 다르다. 누군가는 거짓말을 하고 있다는 건데 그게 진수를 봤다고 제보한 동기나 후배인지 아무 일 없는 척 입 다물고 있는 진수인지도 모호했다. 책상 위에 종이 부스러기가 수북하게 쌓였다.

소정은 바쁘니까 다음 주에 보자는 진수를 졸라서 약속을 잡았다. 둘은 평소에 자주 가던 이탈리안 레스토랑에서 만났고 저녁을 먹는 동안 소정은 진수의 표정과 행동을 유심히 살폈다. 어떤 면에서는 하나도 변하지 않은 것처럼 보였고 어떻게 보면 모든 게 의심스러웠다. 스파게티를 먹으면서 진수는 요즘 도서관 분위기가 얼마나 살벌한지 얘기했고, 누구는 다음 달에 외국에 나가고 누구는 휴학하고 누구는 아버지 회사에 들어가고, 하면서 주변 소식을 전했다. 잠자코 듣긴 했지만 2주 만의 데이트에서 그런 얘기를 나누고 싶진 않았다. 소정이 궁금한 건 진수에 관한 것이었다. 요즘 어떻게 지내는지, 무슨 생각을 하는지, 공부가 안 될 때는 어떻게 하는지, 그리고 사람들이 본 게 사실인지. 그러니 소정은 그런 말 대신 팔을 뻗어 좀 긴 듯한 앞머리를 넘겨 주었다. 그제야 진수가 소정의 손을 잡았다.

"요즘 정말 정신없이 바쁘다니까."

예전에는 소정이 이런 얘기를 자주 했고 그때마다 진수가 다독여 줬다. 친구에게 아무 얘기도 듣지 못했다면 소정은 이제 자신의 차례가 된 거라고 생각하며 기꺼이 그 역할을 감당하려 했을 것이다.

"너무 부담 갖지 마. 열심히 하니까 다 잘되겠지."

진수는 고개를 끄덕거렸지만 표정이 밝아지지는 않았다.

봄밤의 공기가 좋아서 같이 걸으며 얘기를 좀 나누고 싶었는데 카페로 자리를 옮긴 뒤에도 진수의 휴대전화는 이런저런 메시지를 수신하며 계속 울렸다.

"가 봐야겠다. 스터디 멤버들이 학교 근처에 모여 있는데 오라고 난리네."

메시지에 답하느라 진수는 계속 휴대전화 화면만 쳐다보았다.

"벌써 가?"

"왜 뭐 더 하고 싶은 거 있어?"

그렇게 묻는 순간에도 진수의 시선은 소정이 아닌 휴대전화를 향했다.

"그냥. 같이 좀 걷고 싶어서."

"다음에. 날씨 좋을 때 놀러 가자."

진수는 가방을 챙기며 일어섰다.

"진수야."

소정이 부르자 진수가 고개를 돌렸다. 소정은 그 얼굴을 한참 동안 쳐다보았다.

"왜?"

"……나한테 뭐 할 얘기 없어?"

"할 얘기? 뭐?"

"없으면 됐고."

"우리 소정이 봄 타나 보다."

진수가 소정의 머리를 쓰다듬으며 웃었다. 잘 가라고 손을 흔들어 주었지만 마음이 쓸쓸해져 진수가 가고 난 뒤에도 한참 동안 카페에 앉아 있었다. 학교 생활하랴 공부하랴 바쁘고 정신없을 텐데 괜히 오해하는 건가 싶기도 하고 변한 것 같기도 했다. 무슨 일이 있고 심경의 변화가 생긴 거라면 먼저 말해 주면 좋을 텐데. 그게 소문을 전해 듣는 것보다 나은데. 물론 제보자들이 잘못 봤거나 오해한 것이길 바라는 마음이 가장 컸다. 우리가 다른 연인보다 특별하고 우리의 사랑은 단단해서 절대 틈이 생길 리 없다고 믿어서가 아니었다. 오히려 사랑이 얼마나 연약하고 그걸 지켜 나가는 게 얼마나 어려운 일인지 알기 때문에 그랬다. 소문이나 진실과 상관없이 데이트도 평소와 달랐다. 예전의 진수는 세심하고 감탄을 잘하는 사람이었다. 소정이 입은 옷의 섬유 유연제만 바뀌어도 알아채곤 킁킁거리며 좋아했는데 오늘은 헤어스타일이 바꾸었다는 것도, 모처럼 스커트를 입고 구두를 신었다는 것도 알아보지 못했다.

소정은 정류장까지 천천히 걸었고 몇 대의 버스를 그냥 떠나보냈다. 술을 좋아하지 않지만 누군가와 술이라도 마시고 싶은 밤이었다. 취해도 상관없고 한 잔이라도 괜찮았다. 그러나 딱히 떠오르는 사람도 없고 누군가에게 전화를 걸기에도 늦은 시간이었다. 버스 전광판의 '곧 도착' 칸에 집으로 가는 버스의 번호가 나타났다. 들어갈 때 캔 맥주나 사 가야겠다고 생각하며 벤치에 앉는 순간 주머니 속의 휴대전화가 부르르 떨렸다. 모르는 번호고 짐작 가는 데도 없었다. 여보세요, 조심스럽게 전화를 받자 저쪽에서는 숨이 턱까지 찬 데다 흐느낌을 참는 듯한 목소리가 넘어왔다.

"……누나."

먼 데서 부르는 누나 소리가 환청 같아서, 숨이라도 크게 쉬면 사라져 버릴 것 같아서 소정은 휴대전화를 꼭 쥐었다.

"여보세요. 여보세요."

"누나, 나 큰일 났어. 나 좀 살려 줘."

동생의 목소리는 무언가에 쫓기는 것처럼 다급했다. 집으로 가는 버스는 정류장에 잠시 정차했다가 이내 출발했다.

"진영아, 무슨 일이야? 왜 그래?"

"누나, 나 죽게 생겼어. 나 좀 도와줘."

"진영아, 거기 어디야? 누나가 갈게."

소정은 목적지도 모르면서 버스의 진행 방향으로 빠르게 걷기 시작했다. 누나, 하고 부르는 소리는 메아리처럼 귓가에 계속 울렸다.

"왜 그래? 무슨 일이야? 어디 다쳤니?"

소정은 거의 울고 있었다. 1년 만에 듣는 동생의 목소리였다. 악몽 속에서 동생은 늘 아프거나 위험에 빠져 있었다. 소정은 동생에게 가고 싶은데 몸이 움직이지 않아 끙끙대다가 깨곤 했다. 울음은 한 번 터지자 걷잡을 수 없이 쏟아져 나왔다. 꿈속의 그 장면 속으로 들어온 것 같았다.

"누나, 위험하니까 오지 말고 그냥 돈만 보내 줘. 그래야 내가 살아."

"무슨 일인데 그래? 누나한테 말해 봐. 경찰 불러서 같이 갈게."

경찰 얘기가 나오자 동생의 목소리는 갑자기 거칠어졌다.

"누구 죽는 꼴 보고 싶어서 그래? 나 살리고 싶으면 그냥 돈만 보내. 여기 오면 누나도 다친다고."

"진영아."

1년 만에 통화를 하면서 이런 얘기밖에 나눌 수 없다는 게 절망스러웠다. 잘 지내고 있을 거라고 믿은 건 아니지만 그래도 살려 달라고 애원해야 하는 처지에 놓여 있을 거라고는 생각하지 못했고 생각하고 싶지도 않았다. 그동안 그 애를 잊고 지냈다는 죄책감과 살려야 한다는 의무감이 소정의 등을 떠밀었다. 소정은 휴대전화를 귀에 댄 채 현금 지급기를 향해 뛰었고 통장에 있는 돈을 동생이 불러 주는 번호로 이체했다. 통장 안에는 28만 2000원이 들어 있었다. 너무 적어서 그 돈이 동생을 구해 내지 못할까 봐 조마조마했지만 그건 소정의 전 재산이기도 했다. 미안해, 얼마 못 보내서, 라고 하자 동생은 할 수 없지, 하며 한숨을 쉬었다.

송금하는 동안에도 송금한 뒤에도 눈물은 멈추지 않았다. 동생의 안위에 대한 걱정과 더 보낼 수 없는 무능 때문에 가슴이 터질 것 같았다. 이 모든 상황과 상관없다는 듯 달콤하기만 한 봄밤의 공기도 야속했다. 눈물을 닦으며 정류장 쪽으로 걸어가자 지나가던 사람들이 힐끔힐끔 쳐다봤다. 소정은 텅 빈 정류장에 앉아 마음이 진정되기를 기다렸다. 울지 않고 그냥 걸어 다닐 수 있는 모든 사람들이 부러웠다. 하나뿐인 남동생이 1년 만에 전화해서 살려 달라고 애원했다는 얘기는 누구에게도 털어놓을 수 없었다. 울음이 잦아든 뒤에야 좀 전의 번호로 전화를 걸어 봤다. 신호가 여러 번 갔으나 동생은 전화를 받지 않았다. 다시 걸자 이번에는 통화 중이었다. 상황이 더 나빠진 건 아닌지 걱정이 됐고 안 좋은 예감이 밀려와 손이 덜덜 떨렸다. 소정은 통화 버튼을 누르려다 메시지를 보냈다.

─진영아. 조금밖에 못 보내서 미안해. 어디에서든 살아 있어. 무슨 일 있으면 다시 연락하고. 곧 만나자. 우리.

전송 버튼을 누르고 나니 어쩔 수 없다는 듯 다시 눈물이 쏟아졌다.

출근하는 소정의 얼굴을 본 국장이 어디 아프냐고 물었다. 괜찮아요, 했더니 그럼 무슨 안 좋은 일 있어요? 했다. 차마 아니라는 말이 나오지 않아 우물쭈물대다 간밤의 일에 대해 털어놓았다.

"동생한테 무슨 일이 생긴 건 아니겠죠? 해코지를 당했다거나……."

심각한 표정으로 듣던 국장이 흠, 하며 팔짱을 꼈다.

"경찰에 신고는 했어요?"

"집 나갔을 때 가출 신고는 했는데, 어제 일은…… 경찰한테 알리면 안 된다고 하도 난리를 피워서요."

머릿속으로 어제의 긴박했던 순간이 지나갔다. 동생의 전화를 받고 난 다음에는 현실의 모든 것이 무의미해졌다. 그 일에 비하면 진수가 스터디 모임 때문에 먼저 가 버린 것과 바뀐 헤어스타일을 알아보지 못했던 일 같은 건 얼마나 사소하고 사치스러운 고민인가 싶었다.

집에 도착하니 피곤에 전 엄마는 이미 곯아떨어진 상태였다. 코 고는 소리가 소정의 방까지 우렁우렁 울렸다. 전쟁이나 재해도 엄마의 고단한 잠을 깨우지는 못할 것 같았다. 엄마를 일어나게 하는 건 출근 전에 울리는 알람 소리뿐이었다. 소정은 방의 불을 켜지 않은 채 창문을 열어 놓고 편의점에서 사온 캔 맥주를 땄다. 벽에 기대앉아 한 모금씩 벌컥벌컥 마시자 속이 좀 가라앉았다. 눈물이 마르고 손 떨림이 멈추자 더 이상 이렇게 살고 싶지 않다는, 제대로 살고 싶다는 열망이 취기처럼 올라왔다.

"······전화 목소리, 동생이 확실했어요?"

국장이 너무 침착하게 물어서 소정의 손은 불안함으로 다시 떨렸다.

"소정 씨가 동생 걱정을 너무 많이 하는 것 같아서······ 내가 보기엔 요즘 자주 일어나는 보이스피싱 수법하고 유사하거든요."

소정은 머릿속으로 테이프를 되감아 봤다. 누나, 하고 부르던 목소리는 동생의 것이 확실했다. 아니 동생이라고 판단한 순간부터 아무 의심도 하지 않았고 어떻게 하면 그 애를 살릴 수 있을까만 궁리했다. 그러나 목소리와 억양, 말투를 곰곰이 되짚다 보니 동생이 아닌 것 같기도 했다. 돈을 빼내기 위한 사기성 전화였다면 동생과는 아무 상관 없는 걸까. 살려 달라고, 돈을 보내지 않으면 죽게 된다고 애원하던 목소리가 동생의 것인 게 나을지 사기꾼인 쪽이 좋을지 판단이 서지 않았다. 국장이 물컵을 건네며 소정의 어깨를 두어 번 두드렸다.

오전의 우편 취급국은 평소보다 방문객이 많아서 다행히 소정은 업무로 도피할 수 있었다. 허둥대는 바람에 실수를 몇 번 저질렀지만 국장이 옆에서 차분히 해결해 주었다.

"오늘은 점심 먹고 바로 들어가요."

먼저 점심을 먹고 온 국장이 멍하게 앉아 있는 소정에게 말했다.

"괜찮아요."

"가서 애인도 만나고 바람도 쐬고 기분 전환 좀 해요."

오전 내내 실수를 연발한 소정을 귀찮아하는 듯한 표정이었지만 그게 그가 배려하는 방식이라는 걸 알았다. 소정은 잠시 머뭇거리다 그럼 먼저 들어가 볼게요, 죄송해요, 하고 인사한 뒤 사무실 밖으로 나왔다. 배도 고프지 않았고 특별히 하고 싶은 것도, 만나고 싶은 사람도 없었다. 진수를 보면 위안이 될 것 같지만 이 상황에 대해 솔직히 털어놓을 자신은 없었다. 동생이 가출했다는 말을 했을 때도 진수는 지금까지 돌아오지 않았다는 사실에 몹시 놀랐다. 그럼 고등학교 졸업도 못한 거네? 진수의 입을 통해 듣는 동생의 얘기는 뉴스에 등장하는 사건 사고의 한 토막 같았다.

벚꽃이 만개한 거리와 봄날 오후를 좀 느끼고 싶어서 소정은 집과 반대쪽으로 걸음을 옮겼다. 듬성듬성 보이던 벚나무는 금세 사라졌고 진수는 전화를 받지 않았다. 새로 바뀐 컬러링을 듣느라 소정은 안내 멘트가 나올 때까지 종료 버튼을 누르지 않았다. "봄바람 휘날리며 흩날리는 벚꽃 잎이 울려 퍼질 이 거리를 둘이 걸어요." 소정은 둘이 걸어요, 부분을 따라 흥얼거렸다. 그리고 정류장에 버스가 멈춰 서는 걸 보고 훌쩍 올라탔다. 벚꽃 축제는 주말을 제외하고 이틀 남아 있었다. 버스 맨 뒷자리에 앉아 창문을 열고 바람을 쐬니 자신을 붙잡고 있던 살려 달라는 전화 속 목소리가 살짝 휘발되었다. 버스는 익숙한 거리에서 벗어나 평일 오후의 도로를 달렸다. 소정은 바람에 날리는 머리카락을 귀 뒤로 넘겼다. 여의도에 도착해서 사람들 틈에 끼여 벚꽃이 흐드러진 길을 걷다 보면 더 가벼워질 거라는 기대가 생겼다.

세상 사람들은 모두 이곳에 모인 듯 여의도공원에서 윤중로까지는 몹시 혼잡했다. 가장자리에서 한 축을 이룬 채 먹거리를 파는 상인들과 벚꽃 길을 걷는 사람들이 거대한 물결을 이루며 출렁거렸다. 작년 이맘때는 사람들이 벚꽃이나 꽃길을 압도할 만큼 많다는 걸 인식하지 못했다. 그때 소정이 본 건 앙증맞게 핀 손톱만 한 벚꽃 잎과 그 사이로 부서지던 햇살,

자주 웃고 감탄하던 진수의 얼굴뿐이었다. 그날의 기억이 따스해서 소정은 벚꽃이 피기만 기다렸고 진수와 같이 오고 싶었다. 물론 축제가 끝난다고 꽃이 지고 봄이 막을 내리는 건 아니지만 혼자 온 건 역시 아쉬웠다.

소정은 당산역 쪽으로 방향을 잡았다. 등산복 차림의 아저씨들, 곱게 화장하고 소녀처럼 웃는 중년의 아줌마들, 팔짱을 끼거나 서로의 어깨와 허리를 감싸 안은 채 걷는 연인들, 서로 사진을 찍어 주느라 바쁜 여자들을 지나쳤다. 그 사이에서 조금 외로웠지만 이어폰을 끼고 꽃을 보며 걷자 기분이 서서히 나아졌다. 혼자 걸어도 꽃은 예쁘고 봄날 오후는 화사했다. 소정은 휴대전화로 벚꽃이 활짝 핀 사진을 두어 장 찍고 그 앞에 선 자신의 모습도 찍었다. 진수에게 전송할까 하다가 놀고 싶은 거 꾹 참고 공부한다던 말이 떠올라 보내지 않았다. 대신 사무실에 있을 국장에게 벚꽃 사진을 한 장 보냈다.

어머니가 병원에 입원한 뒤로 국장은 계절의 흐름을 망각한 듯했다. 며칠 전에는 사무실의 달력을 한참 들여다보더니 지금이 4월 맞아요? 묻고는 믿기지 않는다는 표정을 지었다. 소정이 아르바이트를 시작하던 2월에도 말수가 적고 표정이 어두웠지만 근래에는 책을 보거나 커피를 마시다가도 멍하게 있을 때가 많았다. 어머니는 좀 어떠세요? 라고 물어보면 말을 잇지 못하거나 씁쓸한 표정으로 고개를 천천히 저었다.

취급국의 첫 회식은 3월 초에 있었다. 겉옷을 챙겨 입는데 국장이 난데없이 회식을 제안했다. 술을 마시며 두 사람은 취급국에 자주 오는 몇 사람에 대해 얘기했고 이상한 날씨와 사라질 것만 같은 봄, 질 나쁜 정치인과 대기업의 횡포에 대해 개탄했다. 술이 좀 오른 뒤에는 각자의 가족에 대해 얘기하게 됐는데 어쩌다 화제가 그쪽으로 흘러갔는지는 생각나지 않았다. 다만 부끄럽다거나 숨기고 싶은 기분이 들지 않고 자연스러웠다. 국장은 어릴 때 아버지가 돌아가신 뒤 어머니와 둘이 살았다고 했다. 아버지의 얼굴은 떠오르는데 세 사람이 같이 살던 시절의 기억은 흐릿하다고 했다.

"내내 아버지에 대한 원망이 많았죠."

소정도 아빠가 죽고 동생이 집을 나간 뒤 엄마와 둘이 살았다. 네 사람이 함께 살던 기간이 더 길었는데도 그 사실은 종종 잊곤 했다. 방에 누워 골골거리던 아빠는 함께 놀이공원에 가고 목마를 태워 주던 자상한 아빠를 뭉텅뭉텅 잘라먹고 지워 버렸다. 왜 나쁘고 고약한 기억은 전염성이 강하고 장악력이 뛰어나서 삶의 밝은 부분을 갉아먹으며 어둡게 물들이는지 불가사의했다.

"그때 아빠는 우리 집의 종양 같았어요. 할 수만 있다면 말끔하게 떼어 내고 싶었거든요."

가난과 질병, 가난과 불화, 가난과 비정은 짝을 이루길 좋아했고 잘 어울렸다. 아빠가 죽고 나서 시간이 흐른 뒤에야 불쌍하고 미안하다는 생각이 들었지만 다른 걱정거리들이 계속 생겨나서 그런 감정은 오래 지속되지 않았다.

국장은 오랫동안 동행해 온 나쁜 기억, 불화의 기운이 사랑에 빠지는 걸 주저하게 만들었고 가정을 꾸린 뒤에도 쉽사리 사라지지 않았다고 했다. 그래서 결혼 생활에도 집중할 수가 없다는 것이다.

"좋은 남편이 될 수 있는 사람은 따로 있는 것 같아요."

그는 누군가와 함께 사는 일이 어렵고 자신에게 어울리지 않는다고 했다. 행복은 나누면 배가 되고 슬픔은 나누면 반으로 줄어든다는데 그런 감정을 공유하는 것 자체가 힘들었다. 그는 아직도 아버지의 약병을 버리지 않았고 그건 여전히 주머니와 서랍 속을 오갔지만 아내에게는 고백하지 못한 상태였다.

"와이프가 불쌍하죠. 정말 괜찮은 사람인데, 다른 사람 만났으면 재미있게 살았을 텐데, 나랑 살면서 외롭고 웃을 일도 없고."

국장은 말끝에 억지로 조금 웃었다. 그런 웃음, 남을 안심시키기 위해 짓는 그런 표정이 소정은 익숙했다. 상대방에게 거짓말을 할 순 없지만 웃어 보일 수는 있는 거다.

"요즘은 어머니 건강뿐 아니라 모든 게 다 나빠요. 회복될 기미도 없고……."

소정은 지금도 아빠가 골골거리며 옆방에 누워 있는 꿈을 꾼다. 그러면 아무 의미도 없는 삶이 왜 저렇게 질긴가, 꿈속에서도 진절머리가 났고 일어난 뒤에는 그런 생각을 품은 자신이 무섭고 끔찍해 몸서리쳐졌다. 두 사람은 술에 취해 비밀을 나눴고 술이 떨어진 걸 확인한 뒤에는 공손하게 인사를 나눈 뒤 헤어졌다. 집에 가는 길에 소정은 진수에게 전화를 걸어 사랑한다고 말했고 결혼하면 더 잘해 줄게, 라고 고백했다. 진수는 웃으며, 너 술 마셨구나, 라고 놀렸지만 나도 사랑해, 라고 속삭였고 빨리 결혼하면 좋겠다고 덧붙였다.

회식 며칠 뒤 오전에 국장의 아내가 취급국에 들렀다. 문이 열리고 커피 향과 함께 늘씬한 여자가 들어왔는데 국장이 자리에서 천천히 일어났다. 여자는 지나던 길이라며 테이크아웃해 온 뜨거운 아메리카노를 국장과 소정에게 건넸다. 국장이 이쪽은 지난달부터 같이 일하게 된 직원, 이쪽은 내 와이프, 하며 소개했다. 마침 손님이 없어서 세 사람은 탁자에 둘러앉았다.

"잘 부탁드려요."

여자는 소정을 보며 환하게 웃었고 국장은 아내를 복잡한 표정으로 쳐다보았다. 소정은 커피가 두 잔뿐인데 자신이 마셔도 되나 싶어서 망설였다. 국장이 자신의 커피를 여자 앞에

놓아 주자 여자가 다시 국장 쪽으로 밀었고 소정이 자기 앞에 놓인 커피를 여자에게 주면서 세 사람의 손과 두 잔의 커피가 중간에서 부딪쳤다. 그 바람에 소정이 든 컵이 탁자에 떨어졌고 그걸 잡으려던 소정의 손 위로 뜨거운 커피가 쏟아졌다. 두 여자가 아, 하며 놀라는 동안 국장이 물티슈를 가져와서 소정의 손을 닦아 줬다.

"빨리 가서 찬물에 담가요."

당황해서 뜨거운 줄도 몰랐는데 흐르는 물에 손을 대니 화끈거리면서 손등이 붉게 부풀었다. 두 사람에게 얘기할 시간을 만들어 주려고 소정은 찬물에 손을 오래오래 적셨다. 통증은 서서히 가셨지만 부기는 쉽게 가라앉지 않았다.

사무실에 들어가니 등기를 보내는 손님이 둘 있고 탁자 위는 말끔히 치워져 있었다. 커피 향만 은은하게 사무실 안을 맴돌았다. 국장은 소정에게 연고를 내밀며 괜찮아요? 했다.

"전 괜찮은데…… 벌써 가신 거예요?"

"네…… 걱정 말아요. 잠깐 들른 거예요."

그때도 그는 그 말을 한 뒤에 억지로 웃었다. 국장의 아내가 취급국에 온 건 그게 마지막이었다.

사진을 받은 국장의 답은 10분쯤 지나서 도착했다.

—봄 맞군요. 꽃구경 잘해요.

누군가에게 이 봄은 손꼽아 기다리던 계절이지만 누군가

에게는 빨리 지나가 버렸으면 하는 가혹한 시간일 것이다. 소정은 올해 유난히 봄을 탔다. 이 싱숭생숭함이 어디에서 오는지 무엇 때문인지는 알 수 없지만 자주 감상에 빠지고 마음이 들썩거리는 게 낯설었다. 얼른 이 봄이 끝나 차분해지고 예전의 자신으로 돌아가고 싶은 마음과 흔들림을 즐기고 싶은 마음이 공존했다.

점심을 걸러 좀 출출한데도 노점상에서 요깃거리가 아닌 아이스커피를 샀다. 빈속에 마시는 커피는 혼자 즐기는 벚꽃 축제와 잘 어울렸다. 사람들은 나름의 질서를 만들며 이쪽에서 저쪽으로 흘러갔다.

바람을 쐬고 꽃을 보니 환기가 되며 마음이 살랑거렸다. 진수의 목소리가 몹시 듣고 싶어졌다. 지금 꽃을 보고 있다고, 언제나 네 생각을 한다고, 말하고 싶었다. 휴대전화를 꺼내려고 멈춰 서는데 귀에 익은 목소리가 등 뒤에서 울렸다. 잘못 들은 건가 싶었지만 웃음이 섞인 말소리는 점점 가까이 다가왔고 누군지 확실해졌다. 먹을 걸 사고 사진을 찍고 웃고 떠드는 사람들 사이에 목소리의 주인공이 서 있었다. 혼자가 아니라 머리를 앙증맞게 올려 묶은 여자와 함께였고 소정을 보자 잡은 손을 슬그머니 놓았다. 누군가 나뭇가지를 마구 흔들어서 꽃잎이 눈송이처럼 공중에 날렸다. 세 사람은 경직된 채 서서 한동안 서로의 얼굴을 쳐다보았다. 진수와 소정은 불과 몇 발짝 거리에 떨어져 있었고 여자는 진수의 옆에 바짝 붙어 서 있었다. 그들 사이의 거리는 가까웠으나 놀라움과 충격이 이쪽과 저쪽을 가른 채 팽팽하게 버텼다. 그 긴장감을 깨고 먼저 걸음을 옮긴 건 소정이었다. 소정은 당황한 진수와 영문을 모르겠다는 표정의 여자를 쳐다보다가 그대로 지나쳐 갔다. 걸으면서 뒤돌아보고 싶은 걸 꾹 참았고 빠르지도 느리지도 않게 보폭을 유지했다. 어떻게 움직일 수 있었는지, 아무 말도 하지 않고 뭔가 묻거나 소리를 지르지 않고 어떻게 발을 떼어 그곳을 떠날 수 있었는지 모르겠지만 그녀는 계속 걸었다. 그녀를 움직이는 힘은 두 사람이 자신을 스쳐 지나간 뒤 그 자리에 혼자 남아 있고 싶지 않다는 마음이었다.

정신없이 걷다 보니 사람도 소리도 벚꽃도 눈에 들어오지 않았다. 소정은 그저 기계적으로 걸었다. 이런 일이 일어날 수 있다는 게 믿어지지 않았다. 왜 찬란함과 참담함은 같이 오나. 일찍 퇴근하지 않았더라면, 혼자 여의도에 오지 않았더라면, 반대쪽으로 방향을 잡았거나 커피를 사는 타이밍이 조금 달랐더라면 못 봤을 거고 몰랐을 것이다. 그러는 게 좋았을까. 모르는 편이, 모르는 채로, 그런 채로 이 관계를 유지하는 편이 더 나았을까. 다른 여자가 생겼다는 것과 지금껏 자신을 속여 왔다는 것 중에 무엇이 더 나쁜가. 진수 옆에 서 있던 미니스커트를 입은 앙증맞은 여자애의 얼굴이 떠올랐다. 그

만남은 언제부터였을까. 그 여자가 눈에 들어와서 마음이 바뀐 건지, 소정에게 어떤 불만이 생겨서 틈이 벌어졌고 거기에 새로운 감정이 자리 잡은 건지는 알 수 없었다. 다행히 눈물이 나오지 않아 누구에게도 들키지 않았고 걷기가 수월했다. 그건 정말 다행이었다.

소정은 지하철을 타고 집에 갔다. 열쇠로 현관문을 열고 들어가자 다리의 힘이 스르르 풀렸다. 사랑이 자신을 구원하고 이 시궁창에서 건져 내 줄 거라 생각한 건 아니지만 결혼에 얼마쯤 기대고 있던 건 사실이었다. 사랑에 매달리고 의지하는 자신을 진수가 부담스러워했을지도 모르겠다. 그런 짐작 속에서도 마음을 쏟고 자신을 잡아 줄 무언가가, 삶의 확실한 기반이, 결혼이라는 동아줄이 필요했다. 칼에 베인 것처럼 쓰라린 건 배신감 때문만은 아니었다. 자책감과 열패감이 그녀를 두루 할퀴었다.

진수에게서는 밤이 깊도록 연락이 없었다. 어떤 사랑은 쉽게 변질되고 어떤 사랑은 쉽게 바닥을 드러내고 어떤 사랑은 흐지부지 막을 내린다. 그래도 그 모든 걸 사랑이라고 불러야겠지. 그것이 사랑이었다는 사실은 변하지 않겠지. 소정은 자신에게서 떠나간 것이, 자신이 잃은 것이 사랑이라는 게 믿어지지 않았다.

뉴스에서는 여의도 벚꽃 축제가 성황리에 진행 중이라는

소식을 전했다. 주말을 맞아 윤중로를 찾은 사람들이 벚꽃 앞에서 사진을 찍으며 즐거워하는 모습이 화면에 비쳤다. 그곳 어디에도 개인의 사연 같은 건 등장하지 않았다. 짧은 영상 안에는 꽃과 거리, 웃는 사람들만 존재했다. 축제란 원래 그런 것이라는 듯.

사랑이 끝난 것에 대해, 이별의 이유에 대해 뭐라고 말할 수 있을까. 나이를 먹고 어른이 될수록 설명의 방식이 달라진다는 걸, 주관에서 객관으로 옮겨 간다는 걸 깨닫게 될 뿐이었다. 예전에는 자신의 느낌이나 직관에 맞는 표현을 찾기 위해 애썼다면 이제는 모두가 쉽게 이해할 수 있는 틀에 맞추고 통용되는 언어로 말하려 노력하게 된다. 그 사람이 누구냐고 물었을 때 노래를 잘 부르는 애, 키가 큰 애, 목소리가 좋고 말을 재미있게 하는 애라고 설명하지 않고, 어디에 살고 어느 회사에 다니며 연봉이 얼마고, 타고 다니는 차가 뭐고, 애인은 뭐 하는 사람이라고 대답하게 되는 것과 같은 이치다. 모두들 그게 더 그 사람을 정확하게 이해하고 객관적으로 표현하는 방식이라고 말하고 그렇게 대답하라고 요구한다. 소정은 이제 자신이 처한 상황이, 진수와의 관계가 그런 식으로 설명되리라는 생각에 씁쓸해졌다.

진수의 문자메시지는 일요일 자정쯤에 도착했다. 만나서 얘기하자는 것도 아니고 전화나 메일도 아닌 몇 줄의 문자메시지는 미안하다로 시작해서 미안하다로 끝을 맺었다. 그렇게 헤어진 뒤 며칠 동안 소정은 어딘가 고장 난 사람처럼 멍하게, 그러나 마구 헝크러져서 지냈다. 사랑을 잃었다는 상실감은 소정을 텅 비게 만들었고 진수가 자신을 속였다는 배신감은 내부의 회로를 뒤죽박죽 꼬아 놓았다. 상실감과 배신감은 동전의 양면 같아서 분리하기 어려웠지만 그래도 그 두 개의 감정 중에 자신을 더 괴롭히는 게 뭘까 집요하게 생각해 봤다. 처음에는 배신감 때문에 생긴 구멍이 컸다면 시간이 지날수록 두 사람을 묶어 주던 믿음과 사랑이라는 유대 관계가 깨졌다는 게 더 마음을 괴롭혔다.

메시지의 내용은 구구절절했다. 너에게 상처 주려던 건 아닌데, 어쩌다 보니 그렇게 됐어, 미안해. 언젠가 말하려 했는데, 너를 좋아하지만, 미안해. 너는 좋은 사람이니까, 나보다 더 좋은 남자 만나서 행복하길 바랄게, 미안해. 미안하다는 말은 열 번이나 등장했다. 그 말은 이 사랑이 완전히 끝났다는 걸 의미했다. 이 사랑이 유지되려면 수많은 '미안하다' 꾸러미는 소정이 아니라 그 여자애에게 전달되었어야 했다. 그걸 원한 것도 아니지만 이 사랑이 몇 줄의 메시지, 몇 번의 미안해, 로 끝날 줄도 몰랐다. 소정은 심호흡을 하며 메시지를 반복해서 읽었다. 그것은 상의나 고백의 성격을 띤 게 아니라 통보였으므로 사과를 받아들이겠다거나 그럴 수 없다는 내용의 답을 보낼 필요는 없을 것 같았다. 물론 돌아오라고, 이대로 끝낼 수는 없다고, 절대 못 보낸다고 매달리면 상황이 변할지도 모른다. 진수는 마음이 약한 애니까. 왜 그런 거야? 언제부터 그런 거야? 누가 먼저 다가간 거야? 따져 묻는다면 진실을 알아낼 수도 있을 것이다. 하지만 그런다고 두 사람이 예전으로 돌아갈 수 있는 건 아니었다. 이 만남이 지속되기 위해서는 이런 질문을 하기 전에 먼저 자백이 있어야 했고 다른 무엇보다 아직도 너를, 너만을 사랑한다는 고백이 있어야 했다. 하지만 미안하다, 는 그 모든 가능성을 차단했다.

처음에는 메시지 따위로 끝내는 진수에게 화도 나고 서운하기도 했지만 말끔한 이별을 위해선 얼굴을 마주하지 않고 목소리를 듣지 않는 게 최선의 방법인 것 같았다. 그래도 소정은 은연중에 진수의 전화를 기다렸고 전화를 걸지 않기 위해 애써야만 했다. 그동안 다정했던 진수, 그런 그 애와 함께 꿈꿨던 미래, 혹시나 하고 기대하는 자신을 버리기 위해 부단한 노력이 필요했다. 소정은 상대를 아프게 하기 위한 말을 찾거나 아무렇지 않다는 걸 보여 주기 위해 애쓰는 대신, 구인구직 사이트에 접속했다. 새로운 일자리를 찾는 게 가장 자기다운 행동이고, 그곳이 자신에게 가장 잘 맞는 도피처라고 생각했다.

*

여진은 석현과 주고받았던 메시지를 읽고 또 읽었다. 사랑에 빠지면 욕망은 하나로 수렴된다. 20대의 사랑과 40대의 사랑이 색깔이나 양상은 다를지 몰라도 사랑받고 사랑하고 싶어 하는 열망은 같다. 석현을 만난 뒤로 여진은 스스로 젊은 남자를 사랑하는 늙은 여자라고 생각하지 않았다. 스물다섯이나 여섯쯤, 가장 아름다웠던 때의 모습을 불러와 옷처럼 걸쳤다. 석현의 품에 안겨 있을 때, 격정적으로 입 맞출 때, 하룻밤에 몇 번이나 절정에 오를 때, 얼굴을 마주하고 사랑을 속삭일 때 그녀는 현실과 자신을 잊었다. 석현이 돌아간 뒤 샤워를 하다가 거울에 비친 물렁한 몸을 봤을 때 손님의 머리를 자르다가 생기 없이 푸석한 얼굴과 마주했을 때 망상과 실재의 간극 사이에서 수시로 절망했지만 현실을 직시하거나 받아들이기 위해 노력하지 않았다. 예전에는 있는 그대로를 인정하며 사는 것만이 건강한 거라고 생각했지만 석현을 만난 뒤로는 달라졌다. 꿈을 꾸듯 살면 어떤가, 현실을 망각하고 가장 아름다웠던 때의 심정에 취해 살면 어떤가. 어떻게 살든 사랑 없이, 사랑하지 않고 사는 것보다는 나았다. 사랑한다는 건 뜨겁게 살아 있고 싶다는 것, 상대를 향해 타오르고 싶다는 뜻이다. 석현은 닫아 잠근 문 안에 웅크리고 있던 여진을 흔들어 깨운 셈이다.

긴 섹스를 한 뒤, 갓 태어난 강아지 새끼들처럼 포개어져 자고 있는데 석현이 부스스 몸을 일으켰다.

"……나 1교시 수업 있어."

그 애는 희부연 어둠 속에서 옷을 챙겨 입더니 알몸 위에 티셔츠를 걸치는 여진을 내려다봤다.

"중간고사 끝나면 우리도 벚꽃 보러 갈까?"

"……벚꽃? 좋지."

여진은 두유를 따뜻하게 데워서 건넸다. 같이 누웠던 자리 에는 아직 온기가 남아 있었다.

석현이 간 다음 문을 열어 놓고 테이블 위를 치웠다. 아침 저녁으로 바람이 쌀쌀한데 벌써 봄이라니. 1년이 지나 다시 봄이 되고 벚꽃이 피었다는 게 믿어지지 않았다.

임신 사실을 안 건 작년 2월이었다. 겨울은 길게 늘어져 끝 나지 않을 것 같았고 올해는 봄이 이곳을 잊은 채 지나간 게 아닐까 싶을 정도로 추웠다. 며칠 동안 아랫배가 살살 아픈데 팬티엔 아무것도 묻어나지 않았다. 토요일 오후였고 원래 계 획은 대청소를 하는 것이었다. 예전에도 그런 일이 몇 번 있 어서 하루 더 기다려 볼까 하다가 테스트기를 꺼냈다. 그 자 리에서 여진은 선명한 두 줄의 붉은 선을 확인했다. 두 줄은 처음이라 양변기에 앉은 채 그 플라스틱 막대기를 한참 동안 들여다봤다. 붉은 두 줄은 의심이나 망설임을 모두 차단한 채 견고하게 버티고 있었다.

아기는 두 사람의 간절한 기다림이나 애틋함이 만나는 순간에만 생기는 게 아니라 피임을 하지 않은 모든 순간에 생길 수 있다는 걸 이론이 아닌 실재로 만나는 순간이었다. 그걸 실감하기에 서른일곱은 늦은 감이 있었지만 현실로 받아들이는 데는 시간이 필요했다. 처음 남자와 잤던 날 흥분이나 쾌감보다 자신이 섹스를 할 수 있다는 사실에 놀랐던 것처럼 임신을 확인한 순간에도 비슷한 기분에 휩싸였다. 정말 임신을 할 수 있다니. 배 속에 생명이 자리 잡았다니. 여진은 테스트기를 손에 쥔 채 침대에 누워 벽에 걸린 달력과 창밖을 번갈아 쳐다보았다. 겨울의 해는 빠르게 기울었고 방 안에는 금세 어둠이 내려앉았다. 그저 두 줄을 확인한 것뿐인데 벌써 배 속이 묵직한 것 같고 피곤이 몰려오는 듯했다. 약국에 가서 시약을 하나 더 사 오거나 산부인과에 가서 검사해 볼 수도 있었지만 여진은 아무것도 하지 않은 채 누워 있었다. 의심이 확신으로 변하면서 묘한 불안함과 기대감이 그녀를 감쌌다. 아직 점이나 씨앗만 한 크기의 생명이 자신의 삶이나 영무와의 관계를 변화시킬 거라는 게 두렵기도 하고 경이롭기도 했다. 달라진다는 것의 의미가 얼마나 다양한지 그 진폭에 대해 예측할 수 없다 해도 변화가 필요한 건 확실했다.

영무에게 얘기한 건 일주일이 지난 토요일 저녁이었다. 눈과 비가 번갈아 내리는 우중충한 저녁이었고 전에도 몇 번 온 적이 있는 인도 음식점에서였다. 커리 향이 역하게 느껴지는 게 벌써 입덧이 시작되려는 건지 단순히 기분 탓인지 알 수 없었다. 영무는 닭고기가 든 커리와 플레인 난을, 여진은 쇠고기가 든 커리와 갈릭 난을 주문했다. 음식이 나오기를 기다리면서 여진은 언제 임신 얘기를 꺼내는 게 좋을지 가늠해 봤다. 아이가 생기는 걸 영무가 좋아할지 부담스러워할지 일주일 동안 고민해 봤지만 반응을 짐작하기 어려웠다. 여진은 바구니 안의 난을 길게 찢었다.

지난 일주일은 자신의 마음을 들여다보고 그걸 읽어 내는 시간이기도 했다. 평소와 다름없이 출근해서 인터뷰를 하고 기사를 쓰다가도 여진은 외형적으로 아무 변화가 없는 배를 가끔 내려다보며 쓰다듬었다. 아직 씨앗에 불과한 아이가 앞으로 어떻게 자랄 것인지에 대해서도 상상해 봤다. 월요일에는 집과 사무실의 중간쯤에 위치한 산부인과에 들렀다. 여의사 진료라는 문구에 끌려 들어갔지만 입구에 놓인 입간판부터 출입문에 붙은 포스터까지 진료나 치료보다 태반 주사나 미용 시술 쪽으로 특화되었다는 인상이 강했다. 40대 초반으로 보이는 여의사는 초음파로 아기집을 확인시켜 주었고 여진의 나이를 확인한 뒤 호들갑스럽게 축하를 건넸다. 그러나 여진이 좀 뚱한 얼굴로 "임신이 확실한 거죠?"라고 묻자 재빨리 웃음을 거둔 뒤 "수술하실 건가요?"라고 질문을 바꿨다. 여의사의 반응은 순식간에 여진을 10대 후반이나 20대 초반의 미혼모로 만들었다. 물론 혼자 산부인과에 가서 다소 모욕적인 느낌을 받으며 인적 사항을 기록하고 검사대 위에 눕는 동안에는 그런 감정에 젖기도 했다. 그러나 기뻐하지 않거나 당황하는 게 바로 수술과 연결될 거라곤 생각하지 못했다. 여의사는 수술하려면 예약해야 하며 오전 중에 방문해야 한다고 설명했다. 그 순간에 여진은 하얀 점이나 얼룩처럼 보이던 몸 안의 생명에게 처음으로 애착을 느꼈다.

식사를 마치고 후식으로 라씨가 나왔을 때 여진은 영무에게 "나 임신했어."라고 말했다. 감정을 싣지 않으려다 보니 하루가 다 갔네, 나 라씨 맛이 괜찮네, 라고 말한 것 같았다. 영무는 유리컵을 들었다가 도로 내려놓았다. 그리고 여진을 물끄러미 쳐다봤다. 테스트기에 떠오른 두 줄의 붉은 선을 봤을 때 자신의 표정도 저렇지 않았을까 싶었다.

"……놀랐지?"

여진은 자신이 일주일의 시간을 가졌던 것처럼 그에게도 시간을 주는 게 공평하다고 생각했다.

"갑작스러운 얘기라 좀 얼떨떨하네."

"나도 처음에는 그랬어."

시간을 줘야 한다고 생각했고, 처음에는 원래 그렇다고 말해 놓고도 떨떠름한 반응 앞에서 서운해지는 건 어쩔 수 없었다. 영무가 어떤 종류의 사람이라는 걸 잘 알면서도 드라마 속의 남자들처럼 기뻐하고 감격에 겨워 어쩔 줄 모르길 바라는 마음이 있었던 모양이다. 라씨를 다 마실 때까지 두 사람은 아무 말도 하지 않았다.

그 뒤로 일주일 동안 여진은 잡지 마감 때문에 정신없이 지냈다. 임신은 7주째로 접어들었지만 그녀는 종종 그 사실을 잊었다. 여전히 7센티미터 굽의 구두를 신었고 달라붙는 청바지를 즐겨 입었다. 야근 후 집에 돌아오면 영무의 방에는 불이 켜져 있었고 나 왔어, 라고 하면 그는 술 냄새를 풍기며 피곤하겠네, 라고 대꾸했다. 수요일쯤에는 이제 몸조심해야겠네, 라고 덧붙였다. 그 방의 불은 새벽까지 꺼지지 않았다.

영무가 잡지사 사무실 앞으로 찾아온 건 금요일이었다. 전화를 받고 내려갔을 때 영무는 1층 편의점에서 캔 커피를 마시고 있었다. 2월의 추위는 매서웠고 그가 내뿜는 입김에서는 커피 향이 섞인 술 냄새가 났다. 오랜만에 두 사람은 결혼 선에 드나들던 술집의 테이블에 마주 앉았다. 메뉴판을 보면서 임신부와 예비 아빠에게 어울리는 장소가 아니라는 걸 깨달았지만 다른 곳으로 옮기지는 않았다.

영무는 술잔을 비우며 아버지 얘기를 꺼냈다. 결혼 전에 그녀를 떼어 놓을 요량으로 가족에 대해 말한 뒤 처음이었다. 난 결혼에 어울리는 사람도 아니고 결혼하고 싶지도 않아요. 그때 여진은 영무의 말을 웃어넘겼다. 나도 그래요. 결혼 생각도 없었고 잘 해낼 자신도 없어요. 그런데 지금은 결혼하고 싶어요. 그러고 싶어졌어요. 여진이 버티자 영무는 열 살 때 아버지가 자살했다고 털어놓았다. 놀라긴 했지만 그가 모성애나 연민을 자극하기 위해 그 카드를 쓰지 않는다는 게 좋았다. 그 사건이 영무의 내면과 삶에 어떤 파장을 일으키고 흔적을 남겼는지에 대해선 관심 갖지 않았다. 영무는 그때 하지 못했던 얘기를 마저 풀어냈다. 자살한 아버지를 최초로 목격했다는 것과 그 장면이 얼마나 생생하고 집요하게 자신을 따라다녔는지에 대해. 그 집에서 도망치듯 이사했지만 그 후로도 뭔가를 숨기고 누군가를 속이며 사는 것 같은 기분에서 헤어날 수 없었다고 했다.

"그런데 내가 아버지가 될 수 있을까? 내가 잘할 수 있을 거라고 생각해?"

영무의 눈은 흔들리고 출렁거렸다. 여진은 주문한 병맥주를 쭉 들이켰다. 몸 안에서 소름이 돋아나며 갑갑함과 울렁거림, 화와 슬픔 같은 게 잠시 가라앉았다. 3년 전 같은 자리에서 그에게 결혼하자고 조를 때와 상황은 비슷했지만 심정은 달랐다. 그가 두려워한다는 것, 파렴치하거나 무책임해서가 아니라 겁이 나서 여진과 아이를 거부하고 미래를 부정한다는 걸 아는데도 환영받지 못한다는 건 슬펐다. 슬프다는 건 그때는 없던 감정이었다. 여진은 아직 납작한 자신의 배에 손을 얹었다. 산부인과 의사의 얘기를 들었을 때처럼 애착과 오기가 동시에 몰려왔다. 나쁜 사람은 없지. 나쁜 상황이 있을 뿐이지. 스스로를 다독이고 나자 속이 다시 울렁거렸다. 여진은 맥주 대신 찬물을 마셨다. 아무래도 입덧이 시작되려는 모양이었다.

임신 소식을 전하자 시어머니는 믿어지지 않는다는 듯 묻고 또 물었다. 정말이냐? 정말 아기를 가진 거냐?

"잘했다, 잘했어. 딸 하나 낳으면 참 좋겠다. 나이 들어 보니까 여자한테는 딸이 필요하더라."

여진은 시어머니의 손을 꼭 잡고 그랬으면 좋겠네요, 라고 했다. 당신의 아들이 아빠가 되는 걸 두려워한다는 말은 하지 않았다.

여진은 산부인과를 옮겼고 잡지사에도 임신 사실을 알렸다. 초음파 화면을 보며 쿵쿵쿵쿵 규칙적으로 들려오는 아기의 심장 소리를 들었고 의사가 건네는 사진을 오래오래 들여다봤다. 거무스름한 자궁 안에서 아기는 아직 왼쪽 구석의 흰 점에 불과했지만 힘차게 쿵쿵거린다는 사실이 그녀를 감

동시켰다.

　오래 앉아서 일하면 이따금 아랫배가 당겼고 밤이 되면 몸살에 걸린 것처럼 미열이 올랐다. 자주 나른해졌고 세상의 모든 냄새가 역해지기 시작했다. 속이 울렁거릴 때마다 여진은 오이를 씹어 먹었다. 껌과 사탕, 초콜릿, 당근을 거치면서 발견한 입덧의 구원자였다. 오이만이 그녀를 느근하고 구역질 나는 세상에서 잠시 구해 주었다. 출근해서 일하는 동안에는 임신 사실을 잊고 지내다가 점심시간이 되면 자신이 임신부라는 걸 절감했다. 동료들과 같이 활보하던 먹자골목 입구에서 여러 번 멈춰 섰고 혼자 사무실에 돌아와 샐러드로 점심을 때운 적도 많았다. 새 생명은 여진이 좋아하던 음식을 밀어내고 울렁거리고 메슥거리게 하는 것으로 자신의 존재를 드러냈다. 여진은 밥과 김치 대신 비빔국수, 냉면 같은 면 종류와 함께 오이를 씹었다.

　영무는 영무의 방식대로 노력했다. 그의 시소는 두려움 쪽으로 심하게 기울어져 있었지만 병원에 가는 날이 언제인지 챙겼고 여진이 먹는 음식에 신경 썼다. 그러나 여진은 그가 기대감 없이 의무감만으로 움직이는 것 같아 실망스러웠다. 그 실망감은 냉랭한 결혼 생활에 대한 것보다 깊고 날카로웠다.

　겨울이 봄으로 변해 가는 동안 아기는 밥풀 같다가 강낭콩처럼 보이다가 눈사람의 모습으로 변해 갔다. 입덧에 시달리다가도 초음파 화면을 보고 사진을 받으면 경이로움에 빠졌다. 이것이 자신의 배 속에서 일어나는 일이라는 게 믿어지지 않았다. 처음 기자가 되어 자신이 쓴 기사와 이름이 인쇄된 잡지를 받아 보았을 때보다 몇 배 더 두근거렸다. 초음파 사진을 보여 주면 영무는 암호문을 해독하듯 심각한 표정이 되었다.

봄이 무르익고 벚꽃이 피면서 여진의 배는 조금 부풀어 올랐다. 그사이에 발행된 잡지는 두 권으로 늘어났다. 의사는 요즘 다들 딸을 원하는데 좋겠다, 축하드린다는 말로 아기의 성별을 알려 주었다. 여진은 초음파 화면을 보며 꽃순이구나, 하고 중얼거렸다. 출근길에, 점심을 먹고 나서 벚꽃이 흐드러지게 핀 길을 걸으며 아기에 대해 생각하면 눈물이 핑 돌았다. 누굴 닮았을까. 꼬물거리며 웃으면 얼마나 예쁠까. 아기가 태어나면 많은 게 달라지겠지. 부부가 아기를 키우는 가족이 된다는 건 단순히 사람 수가 늘어나는 걸 의미하지는 않을 것이다. 영무도 막상 아기를 보면 좋아하겠지. 두려움이 감격으로 변하겠지. 그렇게 또 시간이 흘러가고 같이 한 시절을 살아가게 되겠지. 기대감도 부풀어 갔다.

5월호 마감이 끝나는 날 고등학교 친구들과 여의도에 벚꽃을 보러 가기로 했다. 미혼인 두 친구는 15주에 접어들어

봉긋해진 여진의 배를 신기해했다. 한 친구는 여진이 움직일 때마다 조심해, 천천히, 하며 과보호했고 다른 친구는 외형상 큰 변화가 없으니 자꾸 잊어버린다며 웃었다. 셋은 이른 점심을 먹고 여의도행 버스에 올랐다. 여고생이 된 듯한 기분으로 아이스크림을 든 채 버스 맨 뒷자리에 나란히 앉았고 수다를 떠는 동안 아이스크림은 자꾸 녹아내렸다. 한 친구는 결혼에 대해, 다른 친구는 독신으로 살게 될 중년의 삶에 대해, 여진은 엄마로 살게 될 시간에 대해 두려움과 기대감을 두루 섞어 이야기했다. 여진은 마감 때문에 무리한 데다 식곤증 때문에 살짝 멀미가 났지만 기분만은 유쾌했다.

여의도에 진입하면서 버스는 거의 기다시피 했다. 결혼도 안 할 것 같던 애가 임신했다니까 너무 이상해. 너는 현모양처가 꿈이라더니 왜 결혼을 안 하는 거야? 얘기를 나누는 동안 여진은 아랫배에 손을 자꾸 얹었다. 싸르르하다가 찌르는 것처럼 아픈 게 몇 번 반복됐다. 생리통과 비슷한 것 같기도 하고 어떤 때는 그것을 압도할 정도로 격심했다. 통증이 주기적으로 찾아오면서 이마에 땀이 흐르고 정신이 아득해졌다. 고통은 그녀를 깊숙이 찌르고 들어왔다. 버스는 목적지에 거의 다다라서 창밖으로 걸어가는 사람들과 흐드러진 벚꽃이 보였다. 여기에서 내려 저기에 가기만 하면 다 괜찮아질 것 같은데. 거리를 내다보려고 겨우 움직이는 순간 몸 안에서 무

언가가 주르르 흘러내렸다. 생리할 때와 비슷한 느낌이었지만
좀 더 뜨끈하고 미끈하고 안타까웠다. 아. 여진은 고통을 참으
며 가까스로 다리를 오므렸다. 거의 다 왔는데. 이제 내려서
저 길을 따라 걷기만 하면 되는데. 며칠 뒤면 벚꽃이 다 질 텐
데. 창문 너머를 바라보며 여진은 혼자 애가 탔다. 흘러내린
땀이 시야를 가렸다. 친구들이 여진의 이름을 부르며 다급하
게 버스를 세웠다. 구급차와 영무에게 전화하는 소리가 뒤섞
였다.

병원에 달려온 영무의 얼굴은 하얗게 질려 있었다. 그는 여
진을 보자마자 손을 꼭 쥐었다. 수술실에 들어가면서 여진은
천장을 뚫어져라 쳐다보았다. 격자무늬가 반복된 천장은 길
게 이어져 있었다. 그가 진즉에 손을 잡아 주었다면 좋았을
것이다.

회복실에서 눈을 떴을 때 여진은 한동안 자신이 왜 여기에
누워 있는지 기억하지 못했다. 그녀는 의아해하며 자신의 몸
을 살펴봤다. 링거 바늘을 꽂은 팔에는 피멍이 들었고 숨을
쉴 때마다 아랫배가 찌르르했다. 보조 의자에 앉아 있는 영무
는 머리가 헝클어지고 눈이 부어서 다른 사람처럼 보였다. 주
위를 둘러보며 눈을 깜박이는 동안 벚꽃을 보러 간 일과 허
벅지를 타고 흘러내리던 피, 친구들의 놀란 얼굴이 천천히 떠
올랐다. 여진이 깨어난 걸 보고 영무가 심호흡을 크게 했다.

괜찮아? 라고 묻는 영무의 말과, 얼굴이 왜 그래? 라고 묻는 여진의 말이 중간에서 부딪혔다. 이상하게 영무의 눈물이, 그를 울게 만든 슬픔이 와 닿지 않았다. 희망이나 기대 앞에선 구경꾼처럼 멀뚱거리고 불안하게 쳐다보더니, 이제 와서 왜 우는 건가 싶었다. 미안해하고 괴로워한다는 건 알겠는데 생명보다 죽음에 더 민감하게 반응하는 게 불편하고 싫었다. 여진의 마음속에서 감정들이 천천히 말라 갔다.

아이를 유산한 뒤 여진은 휴직 신청을 했다. 병원에서 나온 뒤로 설명하기 어려운 무기력증에 빠졌다. 아이가 사라졌는데도 입덧의 기운은 지속됐고 배의 묵직함도 그대로였다. 입덧이 심했을 때는 그것이 자연스러운 현상이고 아이의 존재감이라고 생각하면서도 이물감처럼 끔찍하고 견디기 힘들 때가 많았다. 그게 아이에게 그대로 전해졌을 거라고 생각하니 가슴이 아팠다. 태명을 지어 주지도, 다정하게 불러 주지 못한 것도 후회스러웠다. 유산의 원인이 무리한 마감 때문인지 스트레스 때문인지 모르겠지만 알아낸다고 달라지는 건 없었다. 그저 그렇게 될 일이었다고 여기는 수밖에 없었다. 아이만 사라진 게 아니라 의욕과 감정도 뿌리째 뽑혔다. 여진은 불면증에 시달렸고 짧은 잠에 빠졌다가 깨어나면 온몸이 식은땀으로 푹 젖었다. 가랑이 사이로 피가 뜨끈하게 흘러내리던 순간의 황량함을 잊기 힘들었다. 하루 종일 클래식 라디오를 틀어 놓고 침대에 멍하게 누워 시간을 보냈다. 그러다 지겨워지면 요가 매트를 들고 아파트 뒤편의 공원에 나가 앉아서 햇볕을 쬐며 시간이 흘러가길 기다렸다.

인생에서 그렇게 텅 비고 무기력한 시간은 처음이었다. 그녀의 인생은 대체로 바쁘고 빠르게 흘러온 편이었다. 잡지사에 다니며 기자 일을 한 뒤로는 더 그랬다. 성격이 급한 데다 뒤처지는 걸 싫어하고 가만히 있거나 시간이 무용하게 사라지는 걸 견디지 못해서 늘 종종거리며 움직였다. 잡지는 한 달 앞서 발행되고 다가올 계절과 시간에 대해 다루기 때문에 삶의 사이클도 그에 맞춰 흘러갔다. 정리나 분석이 아니라 예상하고 유행을 만들어 간다는 점에서 에디터 일은 여진과 잘 맞았다. 매달 한 주는 피를 말리는 마감이고 한 주는 기획하고 회의하고 다른 두 주는 취재 장소나 소품 체크하고 인터뷰하고 기사 쓰며 정신없이 일했다. 마감이 끝난 주에는 일주일 내내 사람들을 만나 정신없이 놀았다. 한 달이라는 시간은 그렇게 빈틈없이 돌아갔다. 물론 딱 한 달만 쉬었으면, 이 일도 이제 못해 먹겠다, 이번 마감만 하고 그만둬야지, 라는 생각을 안 해 본 건 아니었다. 그러나 그것보다 사람들을 만나서 인터뷰하고 그걸 기사로 남기고 매달 발간되는 책을 받아 보는 게, 다른 사람들보다 한 달 앞선 삶을 사는 게 더 흥미진진했다. 10년 동안 일하면서 여진은 자신이 월간지 에디터에

최적화된 사람이라고 생각했다.

동료들은 결혼하면 일을 그만두거나 아이를 가지면 그만두었다. 그렇지 않으면 결혼하고 임신해서 8~9개월이 될 때까지도 취재하고 기사 쓰고 마감을 해냈다. 그리고 아이를 낳은 뒤 석 달 정도 쉰 다음 복직하거나 육아에 전념하기 위해 그만두었다. 언제나 길은 두 가지였고 여진은 그 순간이 오면 자신이 어떤 선택을 할지 잘 알고 있었다. 그녀는 결혼이나 임신, 출산, 육아를 겪은 뒤에도 자신의 자리로 돌아갈 생각이었다. 그런데 병원에서 퇴원한 뒤 집과 병원을 오가며 지내는 동안 자신을 둘러싼 공기의 흐름 같은 게 완전히 바뀌는 걸 느꼈다. 그건 외적인 상황의 변화만은 아니었다. 호르몬처럼 분비된 무력감이 그녀의 발목을 잡고 늘어졌다. 이제 어떻게 해도 예전처럼 살거나 예전으로 돌아갈 수 없다는 걸 절감했다.

그 봄에 입었던 것들, 먹었던 것들, 듣고 보고 걷고 만났던 모든 것이 싫어졌다. 할 수만 있다면 그때를 연상시키는 모든 것에서 도망치고 싶었다. 사람들은 여진이 무기력하고 심리가 불안정한 게 유산의 충격 때문이라고 했지만 그건 반쯤 맞고 반쯤 틀린 말이었다. 그녀가 잃은 건 아이이기도 했지만 그건 삶이 달라질지도 모른다는 기대감, 그러니까 새로운 삶 그 자체였다.

석현이 눈 오는 밤에 왜 미용실에 왔는지, 어쩌다 손을 잡고 밤거리를 걷고 술에 취해 키스를 하게 됐는지, 여진은 그 이유에 대해 생각하지 않기로 했다. 키스가 섹스로 이어질 때도 이게 무슨 의미인지, 사랑인지, 사랑의 가능성을 내포한 행위인지 염두에 두지 않았다. 자신이 그 일을 원하는가에만 집중했다. 군대를 갓 제대한 혈기왕성한 남자애가 욕망에 충실해서 나이 많은 유부녀를 갖고 노는 거라 해도 상관없었다. 자신도 외롭고 끌리고 같이 있고 싶으니 그것으로 충분했다. 이 관계가 오래 지속되거나 어떤 형태로든 발전할 거라고 기대하지도 않았다. 나이 차이 많이 나는 연상녀와 연하남의 결혼이나 아들의 친구와 맺어진 중년 부인의 얘기 같은 건 인터넷 뉴스에나 등장하는 것이다. 마음이 쓰이고 감정이 생기는 건 어쩔 수 없지만 거기에 매몰되는 순간 불행해질 거라는 걸 알았다.

김 언니는 여진이 가끔 미용실에서 자는 걸 알고 걱정했다. 미처 치우지 못한 테이블 위의 술병이나 싱크대 안의 그릇을 보곤 "그러다 부부 사이 틀어진다. 미용실 잘되고 돈 잘 벌면 뭐 하냐? 집에 문제 생기면 다 소용없어."라고 충고했다. 10년 전에 이혼한 뒤 독신으로 지내온 김 언니는 그동안 남자도 많이 만나 봤고 연애도 해 볼 만큼 해 봤지만 지금 생각해 보면 남편보다 더 나은 놈을 만난 것도 아니라고 했다.

"그놈이 그놈이더라. 나이 드니까 그냥 그때 지지고 볶고 살았으면 어땠을까 싶은 생각도 들고…… 물론 계속 살았으면 이런 말 못하겠지."

영무와의 관계에 대해 얘기한 적은 없지만 낮부터 저녁까지 붙어 있으니 전화 내용이나 목소리만으로도 소원한 분위기 같은 건 충분히 짐작할 수 있을 것이다. 여진은 김 언니의 얘기에 동감하면서도 마음에 담아 두지는 않았다.

석현은 일주일에 한두 번 미용실에 들렀다. 정기 휴일인 화요일에는 늦게까지 잘 수 있기 때문에 월요일 새벽에 올 때가 많았고 가끔은 다른 요일에도 문을 두드렸다. 대개는 술을 마시며 얘기하다가 섹스하고 한두 시간 정도 엉켜서 잔 뒤에 돌아갔기 때문에 누군가 둘의 밀회를 알아채거나 들킬 염려는 없었다. 그러나 3월의 어느 날 두 사람은 과음했고 섹스는 여느 때보다 길었으며 잠은 끈적하고 달았다. 여진이 일어나 꿀물을 타고 석현이 옷을 챙겨 입는 동안 평소보다 일찍 도착한 김 언니가 열쇠로 미용실 문을 열고 들어왔다.

"야야, 술을 얼마나 마셨으면 냄새가 여기까지……."

꾸벅 목례를 하고 나가는 석현과 마주친 김 언니는 입을 다물었고 여진은 컵에 든 꿀물을 마셨다. 일하는 동안 두 사람은 아침에 있었던 일과 석현에 대해 말하지 않았다. 문을 잠그고 정류장으로 걸어가는데 김 언니가 여진의 팔짱을 꼈다.

"조 원장, 연애하는 건 좋은데 아까 걔는…… 내가 해 봐서 아는데 그거 다 쓸데없는 짓이다. 괜히 마음만 다쳐."

무슨 말인지 알지? 하는 표정으로 김 언니가 쳐다봤다. 여진은 대답 없이 고개만 끄덕거렸다. 김 언니가 걱정하는 것도 알고 무슨 얘기를 하고 싶어 하는지도 아는데, 알아도 어쩔 수 없는 게 있다는 것 역시 알았다.

벚꽃을 보러 가기로 약속한 금요일은 아침부터 날씨가 화창했다. 미용실이 아닌 밖에서 하는 첫 데이트였다. 여진은 문 앞에 "오늘은 쉽니다."라는 팻말을 걸어 두고 샌드위치와 과일을 준비했다. 공들여 샤워했고 석현이 예쁘다고 했던 블라우스와 청바지를 입었다. 오전 수업만 있다고 했으니 간단히 점심을 먹고 출발하거나 도착해서 챙겨 간 음식을 먹으면 될 것 같았다. 태어나서 처음으로 데이트를 하는 것처럼 설렜다.

정오가 지나 오후가 되고 해가 기울 때까지 석현에게선 연락이 없었다. 처음엔 사정이 있을 거라 생각하며 기다렸지만 2시가 지나면서부터는 체념 쪽으로 기울었다. 석현은 전화를 받지 않았고 전화도 하지 않았다. 약속 자체를 잊었거나 잊고 싶어 하는 게 분명했다. 4시에 여진은 냉장고에서 와인을 꺼내 개봉했고 살짝 눅눅해진 샌드위치를 한 입 베어 물었다. 올해도 꽃구경은 글렀구나 싶었다 석현이 술이 깨지 않은 상태에서 던진 말일 가능성이 컸지만 그 순간에는 꽃을 보러 가자는 말을 의심하지 않았고 진심으로 받아들였다. 밤의 연인인 그들에게 한낮의 데이트라는 건 확실히 꿈같은 면이 있었다. 사실 이 만남 자체가, 일주일에 한두 번씩 만나 밤을 같이 보낸다는 것 자체가 봄날 같고 꽃놀이처럼 황홀했다. 꽃이란 영원하지도 않고 영원할 수도 없고 그 아름다움이 금세 사라지기 때문에 매혹적이고 감탄이 나오는 것이다. 이 만남과 이 시절도 그렇게 받아들이기로 결정하자 꽃을 보지 못하는 게, 꽃잎이 떨어지는 게 견딜 만해졌다. 여진은 통 안에 담긴 샌드위치를 천천히 먹어 치웠다. 이 너그러움이 취기와 포만감에서 비롯된 일시적인 감정이 아니길 바랐다.

그날부터 석현은 미용실 문을 두드리지 않았다. 어떤 연락이나 변명도 없었다. 그렇게 될 거라고 생각했으면서도 일주일 동안 여진은 미용실 안에서 새벽까지 노크 소리를, 문을 열고 들어서는 석현의 모습을 기다렸다. 바늘에 찔리거나 살짝 베인 것뿐이라고 생각했는데 실연의 상처에선 피가 계속 흘러나왔다. 손님의 머리를 말리다가, 고객 카드에 도장을 찍고 나서, 소파에 앉아 쉬며 커피를 한잔 마시다가 여진은 피투성이가 된 손을 내려다봤다. 석현과 비슷한 뒷모습을 보거나 목소리가 들려올 때마다 환부는 와락 벌어졌다.

피크닉 음식을 담았던 쇼핑백 안에는 석현이 미용실에 두고 간 후드 티도 들어 있었다. 어느 새벽에 석현은 그 옷을 벗어던진 뒤 여진을 끌어안았다. 새벽 공기가 쌀쌀한데도 그 애의 몸은 갓 씻은 아기의 살결처럼 열기가 넘치고 부드러웠다. 아직 삶의 때가 덜 묻은 입술은 통통하고 촉촉했다. 석현이 생각날 때마다 여진은 그 옷에 얼굴을 묻고 숨을 깊이 들이마셨다. 석현의 몸에서 나던 오이나 막 쪼갠 수박 같은 냄새 대신 대량 생산되는 섬유 유연제의 잔향과 묵은 땀내가 희미하게 풍겼지만 냄새 맡는 걸 멈추지 않았다. 여진의 속옷 서랍 안쪽에는 아직도 아이의 배냇저고리와 속싸개, 작은 신발이 들어 있었다. 선물 받은 걸 손빨래해 놓은 뒤 입덧이 심할 때마다 꺼내서 냄새를 맡았다. 그 손바닥만 한 천에 얼굴을 묻고 있으면 울렁거림이나 미열 모두 참을 만해졌다. 입덧과 아이가 사라졌는데도 차마 그걸 버리지 못하고 깊이 더 깊이 넣어 두었다.

이제 꽃놀이는 끝나고 꽃은 지고 석현이 오지 않으리라는 걸 아는데도 마지막으로 한 번 더 보고 싶다는 바람은 접기 힘들었다. 여진은 술기운을 빌려 석현에게 메시지를 보냈다. 미용실 문도 닫고 하루 종일 기다렸는데 왜 연락도 없이 오지 않았느냐는 말 대신, 다른 여자가 생긴 거냐는 원망 대신, 옷 챙겨 놓았으니 편할 때 들러서 가져가라는 내용만 입력했다. 세 줄의 짧막한 메시지를 반복해서 읽은 뒤 전송 버튼을 누르고 나자 눈물이 쏟아졌다. 임신한 뒤에도 유산이 된 뒤에도 여진은 당황하거나 우울함에 빠졌을 뿐 울진 않았다. 이혼을 결심하고 이혼 얘기를 하고 암이 시어머니를 급격하게 점령해 가는 걸 지켜보는 동안에도 가슴이 먹먹했을 뿐 눈물이 나진 않았다. 그런데 그 슬픔들이 소화되지 않고 배설되지 않은 채 내부에 잠복해 있다가 일시에 터져 나왔다. 여진은 소리 내어 울었다. 그녀를 울컥하게 만든 건 석현과의 이별이 분명했지만 그녀가 우는 건 그 때문만은 아니었다. 여진이 울면서 부른 이름은 석현아, 가 아닌 아가, 아가, 엄마, 엄마였다. 자신이 속절없이 떠나보낸 것들을 부르며 한참 울고 나자 그들이 떠나가고 혼자 남았다는 게 실감 났다.

영무는 이따금 전화해서 병원 소식을 전했다. 전화 속에서 시어머니의 상태는 급격하게 나빠졌다.

"엄마가 너 주라고 물건을 좀 챙겨 놨는데…… 침대 옆에 쇼핑백 갖다 놨어."

시어머니에 대한 안타까움과 달리 영무의 목소리를 들으면 마음이 뒤로 물러났다. 여진은 일주일에 두 번쯤 집에 들러 밀린 잠을 자거나 빨래를 하고 새 옷을 챙겨 왔다. 집은 여진과 상관없이 정갈했고 그래서 빈자리도, 자신의 집이라는 생각도 들지 않았다. 침대 옆에 쇼핑백이 보였지만 열어 보지 않은 채 그대로 두었다.

여진은 영무에게 말하지 않고 가끔 병실에 들렀다. 건강할 때 살집이 있었던 시어머니는 볼 때마다 몸피가 줄었다. 환자복을 입는 순간 개성은 지워지게 마련이지만 병원에 머무는 시간이 길어지고 병색이 짙어져 죽음에 가까워질수록 그가 예전에 어떤 사람이었는가를 알아보기란 더욱 어려워진다. 그저 몇 호실의 누구, 병명이 무엇이며 호전되고 있거나 병이 걷잡을 수 없이 진행되고 있는 누구일 뿐이다. 립스틱을 열심히 챙겨 발라서 멋쟁이 할머니로 통하던 시어머니도 점차 마른 입술로 침대에 가만히 누워 있거나 구부정하게 앉아 창밖을 내다보는 시간이 늘었다. 그럴 때면 누구인지 더욱 알아보기 힘들었다.

여진은 병원에 가면 시어머니의 머리를 다듬어 주었다. 염색이나 파마를 못해서 흰머리가 늘고 축 처진 모발은 그녀를 더욱 늙고 병약해 보이게 했다. 여진이 머리를 만지는 동안 시어머니는 화장품 가게에서 일할 때 단골이었던 손님들에 대해, 어릴 때 영무가 어떤 아들이었는지, 그가 얼마나 가여운지, 일을 그만두고 여행을 다니면서 가장 좋았던 곳이 어디였는지에 대해 두서없이 얘기했다. 머리 손질이 끝나면 여진은 시어머니의 손톱과 발톱에 매니큐어를 칠해 주었다. 시어머니는 눈을 떼지 않고 손과 발의 색이 변해 가는 걸 지켜보았다. 칠하고 색을 입히는 걸만으로는 아무것도 낫게 할 수 없지만 그것조차 허락된 시간이 길지 않았다. 앞으로 몇 번이나 더 색을 바꿀 수 있을지 모르겠지만 다음에는 살구색으로 칠하자고 약속한 뒤 병원을 나왔다. 그게 4월 중순이었다. 봄은 속절없이 깊어 갔다.

여진은 미용실 소파에 앉아 5월호 잡지를 슬렁슬렁 넘겼다. 미용 관련 협회나 재료를 납품하는 업체에서는 매달 홍보용으로 여성용 잡지를 몇 권씩 보냈다. 처음 미용실을 인수했을 때는 남들이 만든 잡지를 보는 게 힘들었다. 여진이 5월호를 읽는 순간에 그들은 이미 6월호를 만들 테고 봄의 한복판에서 여름을 준비하며 살 텐데, 싶은 생각이 들면 뒤처지는 것 같고 자존심도 상했다. 그런 기분은 꽤 오랫동안 지속됐고 회복되지 않았다. 그걸 극복하기 위해 여진은 일에 더 몰두했다. 열다섯 평 남짓한 미용실 안에서 가위와 염색약을 든 채 종종거리며 움직였고 부지런히 머리를 감기고 말렸다. 그러다가 창밖이 어두워지는 걸 보면 기분이 묘했다. 그 순간까지 손님의 머리카락을 자르고 물들인 게 아니라 자신의 하루와 시간을 잘게 조각내 바닥에 떨어뜨린 것처럼 허무했고 아주 가끔은 감정에 매몰되지 않고 하루를 살아 냈다는 사실에 뿌듯했다. 잡지사에서 일할 때는 사무실에 머무는 시간이 반, 사진기자와 서울의 이곳에서 저곳으로, 때로는 지방과 해외 명소로 옮겨 다니는 일이 반이었다. 그 일의 매력은 늘 날짜

와 시간에 쫓기면서도 실제 시간의 흐름이나 계절의 변화에
는 무디다는 점이었다. 그래서 가끔은 실재가 아니라 가제본
의 삶을 사는 기분이었다. 그에 비하면 미용실에서 일하는 건
작은 유람선을 타고 하루 동안 같은 코스를 오가는 것 같았
다. 지루하지만 물결은 잔잔했다.

석현을 만난 뒤로는 잡지와 기자 생활을 완전히 잊었다. 오
래전부터 미용실 소파에 앉아 연인을 기다려 왔던 여자처럼
석현의 노크 소리와 함께 보내는 밤에 대해서만 생각했다. 자
신이 유부녀라는 사실도 잊었고 영무와 시어머니도 잊었고
미용실을 왜 인수했는지도 잊었다. 그 망각과 새로운 설렘, 열
망이 여진을 살게 했다.

미용실은 눈에 띄게 한산해졌다. 석현 한 사람이 오지 않
는 것뿐인데 부쩍 조용하고 널찍해 보였다. 한창 바쁠 오후
시간에 앉아서 쉬는 게 얼마 만인가 싶었다. 손님이 없는데도
김 언니는 은행에 간다, 답답한데 한 바퀴 돌고 오겠다며 농
땡이를 부리지 않고 자리를 지켰다.

"심심하면 나가서 바람 좀 쐬고 와요."

여진이 시계를 힐끔거리자 김 언니가 한숨을 푹 내쉬었다.

"조 원장…… 이러다 문 닫는 거 순식간이야. 내가 미용실
만 20년째다. 정신 똑바로 차려야 돼."

김 언니가 벼르고 있었다는 듯 말문을 열었다. 모 을 익틴

는 시간이 들쭉날쭉하고 임시 휴업도 잦은 데다 예전처럼 친절하지 않다는 단골들의 불만이 있었다고 했다.

"내 귀에 그 말이 들릴 정도면 속으로 그런 생각 안 하는 사람이 있겠어? 나 여기에서 일하는 거 10년째야. 여기가 잘돼야 나도 편하다고."

고개를 끄덕거리며 듣고 있자니 연애하는 데 정신이 팔려 수업도 빼먹고 학업 태도도 엉망이 된 학생이 점수와 석차가 뚝 떨어진 성적표를 받고 담임교사와 면담하는 것 같은 기분이었다. 너 이 점수로는 대학 못 간다. 앞으로 어떡할래? 졸업한 지 20년 가까이 흘렀는데 아직도 이런 일을 성적이나 입시와 연관지어 생각하는 자신이 우스웠다. 여진이 피식 웃자 김 언니의 얼굴이 굳어졌다. 그걸 보니 더 웃음이 났다. 여진은 큰 소리로 웃으면서 손사래를 쳤다.

"걱정 마요. 무슨 말인지 알아들었으니까. 앞으로 잘할게요. 문 안 닫게."

그제야 김 언니가 참 나, 하며 얼굴을 풀었다.

"그래. 힘들게 열었는데 오래 해야지."

그러곤 "야야, 근데 누가 보면 내가 원장인 줄 알겠다." 하며 깔깔거렸다.

마지막 커트 손님이 돌아가고 난 뒤 여진은 세탁기의 전원 버튼을 눌렀다. 며칠째 날이 꾸물거려 수건 세탁을 미뤘다. 세

탁이 진행되는 동안 라디오를 틀었고 빵에 잼을 발라 우유와 함께 먹었다. 그러고도 시간이 남아 캔 맥주를 따서 벌컥벌컥 들이켰다. 이러다 알코올중독이 되는 게 아닐까 걱정하면서도 하루의 노동이 끝난 뒤 마시는 알싸하고 시원한 맥주도 없이 사는 게 무슨 재미인가 싶기도 했다. 한 캔을 비우고 탈수가 끝나기를 기다리는 동안 바닥을 쓸고 물건을 정리했다. 세탁 종료음을 듣고 나서 건조대에 수건과 시트를 널고 나자 피로와 졸음이 몰려왔다. 그래서 문 두드리는 소리를 듣지 못했고 더 이상 문밖의 존재에 대해 어떤 기대감이나 반가움도 없었다. 소파에 앉아 잠깐 눈을 붙이려는데 문이 빠끔히 열렸다. 술 냄새가 먼저, 그리고 붉게 달아오른 얼굴이 쭈뼛거리며 들어섰다.

석현은 머리가 좀 긴 데다 얇은 니트를 입어서 다른 사람처럼 보였다. 그새 성숙해진 것 같기도 하고 좀 야윈 것 같았다. 늦은 시간도 아닌데 많이 마셨는지 걸을 때마다 비틀거렸다. 여진이 말없이 쳐다보자 "지나가는데…… 불이 켜져 있어서……." 하며 머리를 긁적거렸다.

여진은 그 말을 어떻게 받아들여야 할지 몰라 그대로 앉아 있다가 자신이 술김에 보냈던 메시지를 기억해 냈다.

"어…… 옷 챙겨 놨는데. 잠깐만……."

일어설 때 다리가 후들거렸지만 들킬 정도는 아니었다.

여진은 좀 허둥대다가 소파 뒤에 세워 두었던 쇼핑백을 찾았다. 이걸 주고 나면 앞으로 다시는 마주칠 일도 만날 일도 없을 거라는 걸 알았다. 그래서 손이 더디게 움직였지만 돌려주지 않을 방법은 없었다. 여진이 쇼핑백을 건네자 석현이 "……미안해요. 정말 미안해." 술주정하듯 같은 말을 반복해서 중얼거렸다. 괜찮다고도 아니라고도 대꾸하기 어려웠다.

"……머리 많이 길었네. 다듬어 줄까?"

석현은 말없이 서 있다가 고개를 끄덕거렸다.

여진은 석현이 처음 왔을 때처럼 샴푸대에 앉힌 뒤 머리를 감기고 뒤통수 아랫부분과 관자놀이, 정수리 앞쪽과 정수리를 차례차례 지압했다. 그리고 이제는 제법 손에 익은 가위를 들고 머리카락을 다듬어 나갔다. 석현의 머리를 자르는 데 집중했지만 거울에 비친 그 애의 모습을 눈에 담아 두는 것도 잊지 않았다. 석현은 가볍게 주먹을 쥔 채 눈을 감고 있었다. 길고 촘촘한 속눈썹이 이따금 떨렸다. 커트를 끝내고 스펀지로 목덜미와 이마에 떨어진 머리카락을 쓸어내리자 이제 그 어느 곳도 만지거나 입맞출 수 없다는 게 실감 났다. 드라이어로 머리를 말린 뒤 젤을 살짝 발라 주자 석현은 미용실에 들어왔을 때보다 단정해 보였다.

"다 됐어."

어깨를 가볍게 짚자 석현이 거울을 보며 "고마워요."라고 대답했다. 여진은 쇼핑백을 건넸다. 이걸 찾으러 온 게 아니고 이걸 가져가라고 부른 게 아니더라도 이제는 주고받아야만 했다. 지금이 아니더라도 언젠가는 또 그런 순간이 올 테니까 지금 그렇게 하는 편이 서로에게 좋았다. 석현이 쇼핑백을 들고 미용실 밖으로 나가는 동안 여진은 의자 옆에 선 채 미동도 하지 않았다. 문소리와 발소리가 잦아들고 실내 공기가 방문자의 흔적을 완전히 지워 낸 뒤에야 소파에 돌아와 앉았다. 그제야 라디오에서 내내 클래식이 흘러나오고 있었다는 걸 깨달았다. 여진은 배에 손을 얹고 심호흡을 여러 번 한 뒤 냉장고에서 캔 맥주를 꺼내 와 마셨다. 이별의 순간 치고는 나쁘지 않았다.

*

퇴근 후에 엄마를 지켜보면서 알게 된 건 고통은 혼자 있을 때 밤을 틈타 공격한다는 것이다. 옆에 앉아 신문이나 책을 읽어 줄 때는 수면 아래 숨어 있던 질병의 고통이, 영무가 잠깐 저녁을 먹으러 나갔다 오거나 간병인이 깜빡 졸 때면 어김없이 시작되었고 금세 걷잡을 수 없는 지경에 이르렀다. 엄마는 끙끙거리며 온몸을 뒤틀었고 이를 아문 채 으으 아아,

하는 신음을 내뱉었다. 영무가 목격하는 건 대체로 몸부림의 끝자락에 해당했는데도 이마에 땀이 촘촘히 배고 고통으로 얼굴이 일그러지는 걸 지켜보는 게 고역스러웠다. 처음에 영무는 놀라서 허둥대며 간호사를 불렀고 차츰 침착하게 호출하는 법을 익혔다. 간호사가 진통제를 투여하고 나면 병실 안을 휘감던 시유 소리는 천천히 잦아들었고 엄마는 움직임이 줄어들며 얌전해졌다. 그렇게 차츰 무감의 세계로 빠져들었다.

의사는 호스피스 병실에 머무는 사람들의 평균 재원일이 20일 정도라고 했다. 입원 기간이 두 달 가까웠던 걸 생각하면 끝이 얼마 남지 않았다는 걸 직감할 수 있었다. 엄마가 모로 누워 등을 보인 채 잠이 들면 영무는 심정이 복잡해졌다. 이별은 꽃이 지는 것처럼 거부할 수 없는 수순이었다. 그건 여진과 부부로 지내는 시간도 얼마 남지 않았다는 걸 의미했다.

여진도 엄마처럼 모로 누워 잤다. 두 손으로 베개를 붙잡고 자서 베갯잇에서는 그녀가 즐겨 쓰던 향수 냄새가 났다. 그것은 엄마의 화장품 냄새와 비슷했다. 영무는 삶을 향해 활짝 열려 있는 그 건강한 냄새와 활력을 동경했다. 그러나 아이를 잃은 뒤 여진은 화장을 하거나 향수를 뿌리지 않았다. 침대에 누워 하염없이 창밖만 바라보았다. 처음에 영무는 여진이 유령처럼 일어나 베란다 밖으로 몸을 던질까 봐 두려왔고 나중에는 미동도 없는 등을 보는 게 힘들었다. 미용실을 개업한 뒤로 여진은 다시 향수를 뿌렸다. 원래 쓰던 것이 아닌 다른 향으로 바뀌었고 유난하다 싶을 정도로 진해졌다. 그래도 영무는 그 편이 견디기 수월했다. 살아 있는, 살아가야 하는 사람에게는 각자의 냄새가 있는 거라고 생각했다.

대부분의 전화벨은 생활의 공기 속에서 심상하게 흩어지지만 어떤 전화벨은 사람을 멈칫하게 만든다. 영무의 전화를 받는 순간 여진은 그가 왜 전화를 했는지 바로 알아챌 수 있었다. 새벽에 잠이 든 시어머니는 아침에 깨어나지 않았다. 이번 주를 넘기기 힘들 거라는 의사의 말이 있었지만 전날과 특별히 다른 점은 없었다고 했다. 다행히 평소에 보고 싶어 하던 사람들을 다 만난 뒤였고 병이나 죽음을 원망하지도 않는 상태였다. 어제저녁에는 특별히 더 편안해 보였다고, 그렇게 믿고 싶다고 영무는 덧붙였다.

여진은 김 언니에게 미용실을 맡아 달라고 부탁한 뒤 집으로 갔다. 엄마가 죽었다고 말하던 영무의 목소리가 귓가에 맴돌았다. 두 달 동안 보호자, 간병인으로 죽음 앞에서 대기하며 지냈을 그의 고통에 새삼 마음이 쓰였다. 병원에 좀 더 자주 찾아가고 따뜻한 말을 건넬 수도 있었는데, 두 사람에게 좀 더 잘할 수도 있었는데 그러지 못한 게 후회스러웠다. 긴

강하고 호탕했던 시절의 시어머니는 기억나지 않고 찾아가서 머리를 다듬어 주고 매니큐어를 발라 줄 때마다 좋아하던 병약한 얼굴만 떠올랐다. 침대 옆에는 시어머니가 챙겨 줬다는 쇼핑백이 열어 보지 않은 상태 그대로 있었다. 그걸 보자 전화로 부음을 들었을 때보다 죽음이 더 선명해졌다. 레이스 달린 양말, 스카프, 면세점에서 산 화장품, 비취 목걸이와 귀고리 세트, 금가락지, 몇 번 쓰지 않은 가죽 지갑, 손거울과 큐빅이 박힌 머리핀까지, 쇼핑백 안에는 여자였던 시어머니의 물건이 고스란히 담겨 있었다. 여진은 그것들을 꺼내 하나씩 목에 걸고 몸에 둘렀다. 거울 속에는 붉은 스카프를 두르고 비취 귀고리를 하고 레이스 양말을 신은 여자가 입을 꾹 다문 채 서 있었다. 다음에는 살구색으로 바르자, 라고 했던 목소리가 떠올라 참았던 울음이 터졌다.

시간이 이만큼 흘렀다는 게 거짓말 같았다. 엄마가 죽을 때까지 이혼을 미뤄 달라는 영무의 말을 들었을 때만 해도 그런 날이 오지 않을 줄 알았다. 그저 유예의 말이라고만 생각했다. 감정이나 의도와 상관없이 가장 정직하고 공평하게 흐르는 게 시간이라는 점이 아이러니했다. 이후의 시간이, 삶이 어떻게 흘러가고 무슨 일이 일어날지 알 수 없어 두려웠지만 그래서 살 수 있을 것 같기도 했다. 4월이 끝나 가고 있었다.

국장의 모친상 전화를 받고 멍하게 있다가 1차 서류 전형에 합격했다는 통보 전화를 받았다. 소정은 면접 날짜와 시간을 확인한 뒤 휴대전화의 일정 관리에 입력해 두었다. 기다리던 전화, 1순위로 꼽던 회사에서 걸려온 전화인데 기쁘다기보다 얼떨떨했다. 누군가가 죽고 그 죽음 때문에 가족이나 지인들이 슬퍼하고 있을 때 누군가는 기회를 얻는 전화를 받고 안도한다는 사실이, 세상일이 그렇게 흘러간다는 게 이상했다. 마음이 가라앉는 이유가 단순히 부고 때문인지 1차 합격의 기쁨을 진수와 나눌 수 없어서인지도 판단하기 어려웠다.

소정은 두 손을 맞잡은 채 화면 보호기가 작동 중인 컴퓨터 모니터를 한동안 응시했다. 모니터 앞엔 여전히 우유니 사막의 사진이 붙어 있다. 좀 더 낡고 색이 바랬지만 가 보고 싶은 곳 1순위라는 점에는 변함이 없었다. 언제쯤 가게 될지 누구와 동행할지 알 수 없지만 꿈꾸게 하고 가슴을 뛰게 하는 일이 남아 있다는 건 다행이었다. 국장의 일은 애도가 필요하고 진수의 일은 좀 더 말끔히 지워 낼 필요가 있었다. 슬픈 건 슬퍼하고 잊을 건 잊고 좋은 일엔 기뻐하자. 그렇게 생각하니 기분이 조금 회복되었다. 비로소 면접의 기회가 베인 상처 위에 붙일 수 있는 밴드처럼 느껴졌다. 밴드를 붙이는 것만으로도 얼마나 든든한가. 소정은 믹스 커피와 뜨거운 물을 머그잔에 붓고 스푼으로 마구 휘저었다.

첫날 저녁이라 장례식장은 한산했다. 아빠가 죽은 뒤 장례식장에 온 건 처음이었다. 소정은 낯섦과 긴장감 속에서 향을 꽂고 국장 부부와 인사를 나눴다. 와 줘서 고맙다는 말과 혼자 사무실을 지키느라 고생이 많다는 얘기를 듣는 동안 가족을 잃었을 때의 슬픔이 익숙한 모양새로 차올랐다. 그러나 위로의 말이 떠오르지 않아 고개를 숙인 채 서 있었다. 상복을 입은 부부의 얼굴이 꺼칠했다. 용기를 내어 얼마나 마음이 아프세요, 라고 말하고 나자 비로소 마음이 축축해졌다.

괜찮다고 몇 번이나 사양했는데도 국장은 혼자 온 소정을 위해 굳이 상 앞에 마주 앉았다. 그동안 병원에 간다고 사무실을 자주 비웠는데 며칠 또 신세를 지게 됐다고, 미안하다고, 사무실에 돌아가면 며칠 휴가를 줄 테니 좀 쉬라고 했다. 남자 친구랑 같이 여행을 다녀와도 좋고. 소정은 잠시 우유니 사막을 떠올렸지만 아직은 가끔씩 꺼내 보는 꿈으로 간직하는 쪽이 훨씬 달콤했다. 남자 친구와 헤어졌다는 말 대신 육개장에 밥을 말아서 한 숟갈 떴다. 그리고 이력서를 넣은 곳에서 면접을 보러 오라는 연락이 왔다는 소식을 전했다. 국장이 처음으로 얼굴을 움직여 웃음 비슷한 표정을 지었다. 어쩌다 운 좋게 서류 심사를 통과한 것뿐이고 몇 배수의 사람이 면접 기회를 얻었는지 채용까지 몇 개의 관문이 더 남아 있는지 알 수 없다고, 밥을 떠먹으며 소정은 더듬더듬 말했다.

물만 연거푸 마시던 국장이 좋은 결과가 있어야 할 텐데, 하며 어깨를 두드렸다.

밤이 되니 문상객이 좀 늘었다. 소정은 조용히 장례식장 밖으로 나왔다. 꽃이 진 나무의 가지마다 나뭇잎이 풍성하게 매달려 있었다. 소정은 그걸 한참 동안 쳐다보았다. 그리고 흘러내리는 가방끈을 추켜올리며 버스 정류장 쪽으로 걸어갔다.

4월이 끝나고 5월이 시작됐다는 게 거짓말 같았다.

작가의 말

네 번째 장편소설입니다.

어느새, 와 아직 사이에 서 있는 기분입니다.

언제나 사람에 대해 썼지만 좀 더 사람에게 다가가고 싶다고 생각할 무렵

이 소설의 인물들과 만나게 됐습니다.

쓰는 동안 나라는 사람이 나 혼자로 존재하거나 살아갈 수 없다는 걸,

모든 살아 있는 것이 경이롭고 안쓰럽고 가엾다는 걸 절감했습니다.

뻔해지고 있는지도 모르지만 더 깊어지고 싶습니다.

생명의 근원이신 하나님께,

이 소설의 시작부터 끝까지 함께해 준 옆 사람과 서원에게 감사를 전합니다.

누군가의 도움 없이는 단 한 줄도 쓸 수 없는 나날입니다.

읽어 주시는 분들이 있어 쓸 수 있습니다. 고맙습니다.

2015년 1월

서유미

오늘의
젊은 작가
06

끝의 시작

서유미 장편소설

1판 1쇄 펴냄 2015년 1월 9일
1판 8쇄 펴냄 2023년 5월 19일

지은이 서유미
발행인 박근섭·박상준
펴낸곳 **(주)민음사**

출판등록 1966. 5. 19. 제16-490호
주소 서울특별시 강남구 도산대로1길 62(신사동)
강남출판문화센터 5층 (우편번호 06027)
대표전화 02-515-2000 | 팩시밀리 02-515-2007
홈페이지 www.minumsa.com

ⓒ서유미, 2015. Printed in Seoul, Korea

ISBN 978-89-374-7306-7 (04810)
ISBN 978-89-374-7300-5 (세트)